아마도 아프리카

아마도 아프리카

이 제 니 시 집

창비

차 례

페루 008

분홍 설탕 코끼리 010

후두둑 나뭇잎 떨어지는 소리일 뿐 012

옥수수 수프를 먹는 아침 014

치마를 입은 우주 소년 016

우비를 입은 지구 소녀 017

독일 사탕 개미 018

요롱이는 말한다 020

그믐으로 가는 검은 말 022

네이키드 하이패션 소년의 작별인사 024

밤의 공벌레 027

공원의 두이 028

코다의 노래 030

뵈뵈 032

카리포니아 036

녹슨 씨의 녹슨 기타 038

무화과나무 열매의 계절 040

별 시대의 아움 042

그늘의 입 044

양의 창자로 요리한 수프로 만든 시 046

모퉁이를 돌다 048

아름다운 트레이시와 나의 마지막 늑대 050

오리와 나 052

편지광 유우 054

작고 흰 공 060

검버섯 062

나의 귀에 너의 사과가 064

창문 사람 065

나선의 바람 066

눈 위의 앵무 067

미리케의 노우트 068

그림자 정원사 070

사몽의 숲으로 073

밋딤 076

블랭크 하치 078

갈색의 책 080

단 하나의 이름 082

들판의 홀리 084

자니마와 모리씨 086

곤충 소년이 전진한다 088

처음의 들판 091

발 없는 새 094

불면의 라이라 096

초현실의 책받침 099

유리코 102

아마도 아프리카 104

피로와 파도와 106

고백을 하고 만다린 주스 108

알파카 마음이 흐를 때 110

완고한 완두콩 112

녹색 감정 식물 115

녹색 정원 금발령 118

곱사등이의 둥근 뼈 122

나무 구름 바람 126

고아의 말 130

두부 134

해설 | 권혁웅 136

시인의 말 164

페루

빨강 초록 보라 분홍 파랑 검정 한 줄 띄우고 다홍 청록 주황 보라. 모두가 양을 가지고 있는 건 아니다. 양은 없을 때만 있다. 양은 어떻게 웁니까. 메에 메에. 울음소리는 언제나 어리둥절하다. 머리를 두 줄로 가지런히 땋을 때마다 고산지대의 좁고 긴 들판이 떠오른다. 고산증. 희박한 공기. 깨어진 거울처럼 빛나는 라마의 두 눈. 나는 가만히 앉아서도 여행을 한다. 내 인식의 페이지는 언제나 나의 경험을 앞지른다. 페루 페루. 라마의 울음소리. 페루라고 입술을 달싹이면 내게 있었을지도 모를 고향이 생각난다. 고향이 생각날 때마다 페루가 떠오르지 않는다는 건 이상한 일이다. 아침마다 언니는 내 머리를 땋아주었지. 머리카락은 땋아도 땋아도 끝이 없었지. 저주는 반복되는 실패에서 피어난다. 적어도 꽃은 아름답다. 적어도 나는 그렇게 생각한다. 간신히 생각하고 간신히 말한다. 하지만 나는 영영 스스로 머리를 땋지는 못할 거야. 당신은 페루 사람입니까. 아니오. 당신은 미국 사람입니까. 아니오. 당신은 한국 사람입니까. 아니오. 한국 사람은 아니지만 한국 사람입니다. 이상할 것도 없지만 역시 이상한 말이다. 히잉 히잉. 말이란 원래 그

8

런 거지. 태초 이전부터 뜨거운 콧김을 내뿜으며 무의미하게 엉겨붙어버린 거지. 자신의 목을 끌어안고 미쳐버린 채로 죽는 거지. 그렇게 이미 죽은 채로 하염없이 미끄러지는 거지. 단 한번도 제대로 말해본 적이 없다는 사실이 안심된다. 우리는 서로가 누구인지 알지 못한다. 말하지 않는 방식으로 말하고 사랑하지 않는 방식으로 사랑한다. 길게 길게 심호흡을 하고 노을이 지면 불을 피우자. 고기를 굽고 죽지 않을 정도로만 술을 마시자. 그렇게 얼마간만 좀 널브러져 있자. 고향에 대해 생각하는 자의 비애는 잠시 접어두자. 페루는 고향이 없는 사람도 갈 수 있다. 스스로 머리를 땋을 수 없는 사람도 갈 수 있다. 양이 없는 사람도 갈 수 있다. 말이 없는 사람도 갈 수 있다. 비행기 없이도 갈 수 있다. 누구든 언제든 아무 의미 없이도 갈 수 있다.

분홍 설탕 코끼리

  분홍 설탕 코끼리는 발에 꼭 끼는 장화 때문에 늘 울고
다녔다. 발에 맞는 장화를 신었다 해도 울고 다녔을 테지.
어릴 때부터 울보였고 발은 은밀히 자라니까. 두번째 분홍
설탕 코끼리가 말했다. 그렇다고 코끼리가 두 마리 있는 건
아니었다. 설탕이 두 봉지 있는 것도 분홍이 두 바닥 있는
것도 아니었다. 언덕도 없었지만 분홍 설탕 코끼리는 오늘
도 언덕에 누워 설탕을 먹고 분홍에 대해 생각했다. 코끼리
에 대해 생각해본 적은 없었다. 아니, 있었나. 아주 오래전
일이라 잊었나. 설탕, 하고 발음하면 입안에 침이 고인다.
바보, 모든 설탕은 녹는다. 뚱뚱해지는 건 시간문제. 계절이
지나자 분홍 설탕 코끼리는 분홍 설탕 풍선이 되었다. 아니,
그건 잘못된 말이다. 분홍 설탕 코끼리는 분홍 풍선 풍선이
되었다. 아니, 그것도 잘못된 말이다. 분홍 설탕 코끼리는
풍선 풍선 풍선이 되었다. 할 짓이 없구나. 네, 그럼요 그럼
요. 풍선 풍선 풍선은 이름이 바뀌었는데도 자신을 대하는
사람들의 태도에 변함이 없다는 사실이 서운했다. 막 대하
는 건 아니었지만 사랑받는 느낌도 없었다. 친한 사람들끼
리 그러듯 막 대해줘도 좋을 텐데. 풍선 풍선 풍선은 일부

러 잃어버린 장화 한쪽을 손에 들고 이미 녹아버린 설탕을 음미하면서 하늘에 떠가는 분홍 설탕 코끼리를 바라보았다. 구름 같았고 추억 같았고 눈물 같았다. 불지 않는 바람의 깃털 사이로 풍선 풍선 풍선의 없는 꼬리가 한 번 나부꼈다. 아니, 두 번 나부꼈다. 아니, 세 번 나부꼈다. 분홍설탕코끼리풍선구름. 멋진 이름이다. 어제부터 슬픔에 대해서는 말하지 않기로 했다.

후두둑 나뭇잎 떨어지는 소리일 뿐

그래봤자 결국 후두둑 나뭇잎 떨어지는 소리일 뿐. 오늘 부터 나는 반성하지 않을 테다. 오늘부터 나는 반성을 반성 하지 않을 테다. 그러나 너의 수첩은 얇아질 대로 얇아진 채로 스프링만 튀어오를 태세. 나는 그래요. 쓰지 않고는 반 성할 수 없어요. 반성은 우물의 역사만큼이나 오래된 너의 습관. 너는 입을 다문다. 너는 지친다. 지칠 만도 하다.

우리의 잘못은 서로의 이름을 대문자로 착각한 것일 뿐. 네가 울 것 같은 눈으로 나를 바라본다면 나는 둘 중의 하 나를 선택하겠다고 결심한다. 네가 없어지거나 내가 없어 지거나 둘 중의 하나라고. 그러나 너는 등을 보인 채 창문 위에 뜻 모를 글자만 쓴다. 당연히 글자는 보이지 않는다. 가느다란 입김이라도 새어나오는 겨울이라면 의도한 대로 너는 네 존재의 고독을 타인에게 들킬 수도 있었을 텐데.

대체 언제부터 겨울이란 말이냐. 겨울이 오긴 오는 것이 냐. 분통을 터뜨리는 척 나는 나지막이 중얼거리고 중얼거 린다. 너는 등을 보인 채 여전히 어깨를 들썩인다. 창문 위의 글자는 씌어지는 동시에 지워진다. 안녕 잘 가요. 안녕 잘 가요. 나도 그래요. 우리의 안녕은 이토록 다르거든요. 너는 들썩인다 들썩인다. 어깨를 들썩인다.

헤어질 때 더 다정한 쪽이 덜 사랑한 사람이다. 그 사실을 잘 알기에 나는 더 다정한 척을, 척을, 척을 했다. 더 다정한 척을 세 번도 넘게 했다. 안녕 잘 가요. 안녕 잘 가요. 그 이상은 말할 수 없는 말들일 뿐. 그래봤자 결국 후두둑 나뭇잎 떨어지는 소리일 뿐.

옥수수 수프를 먹는 아침

옥수수 수프를 먹는 아침
탁자가 필요하고
이왕이면 둥글고 따뜻한 탁자가 필요하고
의자가 필요하고
이왕이면 둥글고 따뜻한 의자가 필요하고
그릇이 필요하고
이왕이면 둥글고 따뜻한 그릇이 필요하고
누군가가 필요하고
이왕이면 둥글고 따뜻한 누군가가 필요하고
옥수수 알갱이는 노란색
알갱이 알갱이 알갱이 수프 속에 둥둥둥 떠 있고
알갱이마다 생각나는 얼굴 몇개 죽었고 사라졌고 지워
졌고
이제는 없으니까 알갱이를 먹는 겁니다
둥글고 따뜻한 알갱이를 먹는 겁니다
국물도 있어요 국물도 맛있어요
옥수수 알갱이는 노란색
알갱이 알갱이 알갱이 흘리지 마세요

알갱이 알갱이 알갱이 흘리면 슬퍼져요

나는 알갱이처럼 말을 아끼는 사람

지금도 아침이면 아껴야 할 알갱이들의 목록을 수첩에
적는다

어째서 단 한번도 본 적 없는 알갱이에 대해 이미 알고
있는 걸까

알갱이 알갱이 당신이 알갱이를 볼 수 있는 건

알갱이를 볼 수 있다고 믿기 때문이다

알갱이 알갱이 알갱이 옥수수 알갱이는 노란색

둥글고 따뜻한 알갱이 알갱이 알갱이

어쩌면 언제든 볼 수 있다고 믿고 싶은

조금은 그리운 알갱이 알갱이 알갱이

치마를 입은 우주 소년

별 별
별 별
잣나무숲의 태양
오월의 순한 아카시아
이상하고 외로운 소실점
로케트처럼 날아오르는
치마를 입은 우주 소년
미드헤븐에서
그리 멀지 않은
가만히 눈을 감고 귀를 열어
숲속에서 나무들과 춤을 추던 밤
하늘엔 구름 둥둥 먼 북소리
그늘처럼 드리워진 그림자들
스쳐가는 상제흰나비 흰가루
맡자마자 사라지는 나무 냄새
기억하고 싶지만 기억할 수 없는
밝은 눈부셔 어두운 동굴 속
오로라 오로라 대기 속의 노이즈
미래의 길이는 과거의 길이와 똑같아요
그러니 날 기다리지 말아 우주 소년에 대한 기억
모퉁이를 도는 나선형의 바람 탬버린 소리가 들리는 지하실
해의 가장자리를 따라 끝없이 맴도는 말 물음으로 가득한 책
로지 　　　　 로지
포도 　　　　 포도
새턴 　　　　 새턴
귤잼 　　　　 귤잼
머큐리 　　　 머큐리
물방울 　　　 물방울

우비를 입은 지구 소녀

오후의 오로라
오지 않는 비행선
우비는 젖지 않는다
없는 들판의 없는 얼굴
내리지 않는 비를 맞는
우비를 입은 지구 소녀
길은 물든다
날개 잃은 벌레
입속에 담긴 편지
미세레레 미세레레
여백에서 들리는 노래
몰약처럼 빛나는 눈동자
아직도 내 목소리가 들리나요
아직도 나와 같은 단어를 쓰나요
유리잔 바닥에 가라앉은 녹차 찌꺼기
머릿속을 떠도는 마이너의 피아노 음계
길게 흰 줄을 그으며 날아가는 어제의 비행운
손끝에서 푸른빛이 나온다면 어디를 가리키게 될까
땅에 닿기도 전에 사라지는 물방울의 행렬
춥고 그리운 우기의 맛
물고기 가면을 쓰고 걸어가는
우기의 복화술사는 입을 다문다
구름   구름
설탕   설탕
창문   창문
잿빛   잿빛
제라늄   제라늄
빗방울   빗방울

독일 사탕 개미

독일 사탕을 먹는 독일 사탕 개미
꿈속에선 이열횡대로 사열하는 꼬마 병정들
입마다 사탕 하나씩 굴리고 녹고 굴리고 녹고
독일 사탕과 독일 사탕 사이
꼬마 병정과 꼬마 병정 사이
내 목구멍과 네 목구멍 사이
끝없이 멀어지는 독일 사탕 개미
머리에 식빵 조각을 이고 독일 사탕 개미
독일 사탕은 독일에서 왔나요
여전히 머리에 식빵 조각을 이고
태어나는 순간부터 떠나고 싶었어요
독일 사탕이 있는 독일이라면 더 좋겠죠
독일 사탕은 울고 독일 사탕은 달콤하고
독일 사탕은 진홍빛 독일 사탕은 너무 쉽게 녹아요
내 취미는 일요신문의 십자말풀이 빙고게임
내 유일한 추억은 폭신한 이불 위에 앉아
너와 함께 식빵 부스러기를 나눠먹던 일
여전히 머리에 식빵 조각을 이고

태어나는 순간부터 떠나고 싶었어요
떠날 수만 있다면 어디든 어디든
여전히 머리에 식빵 조각을 이고
창백한 청백의 에나멜 구두를 신고
여전히 머리에 식빵 조각을 이고
독일 사탕 독일 사탕 돌림노래를 부르며
독일 사탕을 먹는 독일 사탕 개미

요롱이는 말한다

요롱이는 말한다. 나는 정말 요롱이가 되고 싶어요. 요롱
요롱한 어투로 요롱요롱하게. 단 한번도 내리지 않은 비처
럼 비가 내린다. 눈이 내린다고 써도 무방하다. 요롱이는
검은색과 검은색의 차이에 대해 이야기한다. 끊임없이 끊
임없이 계속해서 계속해서. 마침표를 잃어버린 슬픔, 양팔
을 껴야만 하는 외로움. 그건 단지 요롱요롱한 세상의 요
롱요롱한 틈새를 발견한 요롱요롱한 손가락의 요롱요롱한
피로.

보이지 않는 틈 속으로 한 발을 들이밀면 더이상 이전으
로 돌아갈 수 없다. 어디선가 우는 소리가 들린다. 가슴속
모음이 가슴에서 눈으로, 눈에서 입으로, 입에서 울음으로
옮겨가는 일을 보는 일은 요롱요롱하다. 울지 말아요 울지
말아요. 당신만의 요롱이를 찾지 못했을 뿐 그건 당신 잘못
이 아니잖아요. 내 잘못이 아니어도 요롱요롱 용서를 구하
고 싶다.

얼어붙은 영하의 영혼으로, 튕길 듯한 용수철의 탄성으

로. 요롱이는 떠나온 자리를 매순간 들여다본다. 먼지 같은 삶은 감수한 지 이미 오래. 과연 내일이 와도 요롱요롱 밥을 먹고 요롱요롱 울다가 요롱요롱 잠들고 요롱요롱 깨어나 요롱요롱 흘러가는 구름을 볼 수 있을까. 꼭 맞는 옷, 꼭 맞는 장갑, 꼭 맞는 장화, 꼭 맞는 헬멧을 쓰고.

　나는 정말 요롱이가 되고 싶어요. 요롱요롱한 어투로 요롱요롱하게. 정말 요롱이가 된다면 정말 요롱이가 된 기분이 들 테지. 고딕체의 마음으로, 소수점 이하로 무한질주하는 원주율의 아름다움으로. 단 한번도 내리지 않은 꽃처럼 신열이 내린다. 어둠이 내린다고 써도 무방하다.

그믐으로 가는 검은 말

꿈을 꾸고 있었다
구두를 잃어버린 사람이 울고 있었다
북해의 지명을 수첩에 적어넣었다
일광의 끝을 따라 죽은 사람처럼 걸었다
어디로 가는지 알 수 없었다
그 밤 전무한 추락처럼 검은 새는 날아올랐다
언덕에 앉아 휘파람을 불고 있었다
휘파람을 불려고 애쓰는 사이
그 사이
흉터에 대한 기억이 떠올랐다
그것은 너의 손목에 그어진 열십자의 상처였다
한번 울고 한번 절할 때 너의 이마는 어두워졌다
쓸모없는 아름다움만이 우리를 구원할 것이다
바닥에 앉아 꽃을 파는 중국인 자매를 보았다
모로코나 알제리 사람인지도 모르지
이미 죽은 사람들이라고 생각했다
당신에게 말할 수 없습니다
비밀을 지킬 수 있습니까

저는 그렇게 생각하지 않습니다

네가 누군가를 비난할 때 그것이 너 자신의 심장을 겨눌 때

거리의 싸구려 과육과 관용을 함부로 사들일 때

나는 그것이 네가 병드는 방식인 줄을 몰랐다

말수가 줄어들듯이 너는 사라졌다

네가 사라지자 나도 사라졌다

작별인사를 하지 않는 것은 발설하지 않은 문장으로

너와 내가 오래오래 묶여 있기를 바라기 때문이다

잊혀진 줄도 모른 채로 잊혀지지 않기 위함이다

제 말을 끝까지 들어보세요

할 수 있는 것은 하겠습니다

창문을 좀 열어도 되겠습니까

문이 잠겨서 들어갈 수 없습니다

그 밤 우리는 둥글고 검은 것처럼 사라졌다

문장 사이의 간격이 느슨해지듯 우리는 사라졌다

누구도 우리의 얼굴을 기억하지 못했다

네이키드 하이패션 소년의 작별인사

이것은 단순하고 소소한 작별인사입니다.

나는 움직이지 않는다, 언제나 여기에 있다.
벌거벗은 몸으로, 벌거벗은 마음으로

네이키드 하이패션 소년은 오물거리는 물고기 입으로 중
얼거렸다.

지렁이는 죽을 때 어떤 소리를 낼까. 터져버리지만 않는
다면 괜찮아. 흑담즙은 불행을 일으킨다고 내 어머니는 말
했지. 나의 미래는 누구보다도 어둡다. 어쩌면 난 죽은 물고
기를 낳게 될지도 몰라. 당신에게 허락된 문장이 얼마 되지
않는다는 사실을 알고 있습니까. 악몽 같아요. 도대체 너는
무슨 생각을 하고 있는지 모르겠구나.

소리없는 물처럼 슬픔이 찾아왔다.
벌거벗은 몸으로, 벌거벗은 마음으로

물고기의 동공 위로 슬픔이 지나간다. 사순절 정오 고양이는 밀떡을 삼킨다. 오늘의 법칙이 내일의 벌칙이 될 수도 있다. 기억의 겉옷을 벗어던진 채 듣는 알파파의 진동. 나는 울지 못하고, 날지 못하고, 묻지 못한다. 슬픔의 순간에도 운율만은 잊지 않았지. 당신에게도 당신만의 하이패션이 있습니까. 각운이 아니었더라면 난 더 슬펐을 거야.

나는 지금 죽지 않기 위해 말을 하는 것이다, 죽지 않기 위해

너무 쉽게 붉어지는 얼굴과 너무 빤히 들여다보이는 마음이 부끄러웠다.

말을 마치자 피곤이 몰려왔다. 네이키드 하이패션 소년은 불을 끈 뒤 이불 속으로 들어갔다. 어떻게 하면 기체나 액체처럼 다른 사람들의 눈에 띄지 않게 조용히 사라질 수 있을까를 생각하면서, 실행에 옮기겠다는 결연한 의지 같은 것도 없으면서, 그저 무심코 손톱 끝을 바라보길 좋아하는 무의미한 습관처럼. 그러다 문득 자신의 뺨을 몇대 조용

히 때리면서.

흩어진 별무리들처럼 잠이 쏟아졌다.

밤의 공벌레

온 힘을 다해 살아내지 않기로 했다. 꽃이 지는 것을 보고 알았다. 기절하지 않으려고 눈동자를 깜빡였다. 한 번으로 부족해 두 번 깜빡였다. 너는 긴 인생을 틀린 맞춤법으로 살았고 그건 너의 잘못이 아니었다. 이 삶이 시계라면 나는 바늘을 부러뜨릴 테다. 아무것도 모르는 아이처럼 하염없이 얼음을 지칠 테다. 지칠 때까지 지치고 밥을 먹을 테다. 한 그릇이 부족하면 두 그릇을 먹는다. 해가 떠오른다. 꽃이 핀다. 두 손으로 얼굴을 가리면 울고 싶은 기분이 든다. 누구에게도 말 못하고 주기도문을 외우는 음독의 시간. 지금이 몇시일까. 왕만두 찐빵이 먹고 싶다. 나발을 불며 지나가는 밤의 공벌레야. 여전히 너도 그늘이구나. 온 힘을 다해 살아내지 않기로 했다. 죽었던 나무가 살아나는 것을 보고 알았다. 틀린 맞춤법을 호주머니에서 꺼냈다. 부끄러움을 기록하기 시작했다.

공원의 두이

어디로 가든 마찬가지라면 굳이 떠날 필요가 있을까. 공원은 자란다. 무럭무럭 자란다. 공원 밖은 공원, 공원 밖은 공원, 공원 밖은 공원. 언제부터 우린 이곳에 갇혀 있었던 걸까. 너무 넓어 갇힌 줄도 모르겠구나.

눈을 감으면 슬픈 노래처럼 두이의 목소리가 어른거린다. 두이, 내 검은 망막의 스크린 위에서 뛰노는 진회색의 작은 털뭉치, 오래전 잃어버린 갈색의 책, 열리지도 닫히지도 않는 어두운 다락방. 떠나기 전 두이는 소심하게 몇번 공중제비를 돌았다. 두 귀를 날개처럼 펄럭이면서. 마지막이라는 신호로. 나는 작고 진실하고 잘 우는 것들에만 귀가 열린다. 우린 너무 가까워 들리지 않는 귓속말 같구나.

비밀의 서랍 같은 얼굴로, 라일락이 돋아난 얼굴로, 공원 벤치에 앉아 있었다. 두이의 벤치에서 두이가 바라봤던 풍경들을 바라보면서. 인생이란 결국 두 개의 의자 사이를 왔다갔다하는 일. 이 의자에서 저 의자로, 저 의자에서 이 의자로. 네 목소리 위에 내 목소리를, 내 목소리 위에 네 목소리를 덧입혀보는 일.

　이제 님은 일은 말하지 못한 말들을 삼키거나 뜻 없는 문
장들의 뜻 없는 의미를 뒤늦게 알아차리는 일뿐. 공원의 이
끝에서 저 끝까지 하염없이 걸으면서. 울적하고 피로한 제
자리걸음으로. 공원 밖은 공원, 공원 밖은 공원, 공원 밖은
공원. 무럭무럭 지상의 공원들이 자라나는 밤. 닿을 수 없는
그 모든 것들을 두이라고 부르기로 했다.

코다의 노래

손을 씻자 낯빛이 검어졌다. 내 어둠의 깊이를 헤아리는 밤. 오래된 망상과 코카콜라와 데스메탈과 카발라와 차오르는 귓구멍의 물기와 너와 나의 아득한 피킹 하모닉스. 나의 기타는 너무 많은 심장을 가진 것처럼 끊어지기 직전의 팽팽한 긴장으로. 새끼손가락이 짧은 나의 운지법은 더듬더듬 춤추듯 절룩거리고. 적막이란 적막 이전에 소리가 있었다는 말. 너무 많은 심장이 우리를 질식하게 한다. 생각한 그대로 끝에서 끝까지 밀고 나아가려 했던 것이 우리의 때아닌 조로의 이유. 너는 사각형의 소녀처럼 울었고 그 뾰족한 모서리가 무심히 나를 찔렀다. 뜬눈으로 꿈속을 들락거리다 다시 술 마시고 담배 피우고 술 마시고 담배 피우고. 시적인 문장을 찾으려 할 때마다 죄를 짓는 기분. 조금도 시적이지 않은 언어의 빙판 위에서 나 자신과 분리된 불안은 시적으로 미끄러지고. 당분간은 자살하지 않을 거라는 어제와 다를 바 없는 다짐을 하고. 이곳은 너무 어둡고 너의 개념은 모질고 한번도 내가 원한 자리에 놓여 있었던 적이 없고. 데크레센도 데크레센도 코다의 노래. 내가 바라는 건 아주 작고 희미한 것들뿐. 단 한순간도 나 자신으로

30

부터 달아나지 않는 것. 매순간 초연해지길 바라지만 혁명을 하기엔 책을 너무 많이 읽었고 풍경을 읊기엔 양심이 허락하지 않고 너는 또다시 성냥을 긋듯 손목을 긋고. 마음으로 악담을 퍼붓고 돌아서던 시절. 속쓰림과 배고픔과 후회와 반성이 아코디언 주름처럼 펼쳐졌다 접히기를 반복하고. 내겐 더이상 날개가 없다.

뵈뵈

그해 봄 뵈뵈는 양날톱으로 무언가를 움켜쥐려 하고 있었다. 움켜쥐려 하고 있었다. 그만해, 뵈뵈. 뵈뵈, 그만해. 그러나 뵈뵈는 계속해서 무언가를 움켜쥐려 하고 있었다. 움켜쥐려 하고 있었다. 하늘은 힘껏 맑았다. 더이상 맑을 수 없을 만치 맑았다. 뵈뵈, 그만해. 그만해, 뵈뵈. 나는 지쳤어. 지쳤어 나는. 그제야 뵈뵈는 나를 쳐다보았다. 더이상 지칠 수 없을 만치 더더더 지쳐봐. 그러면 지치지 않는 날도 오겠지. 뵈뵈는 다시 허공으로 양날톱을 휘저었다. 휘저었다. 나는 가방에서 큐피를 꺼냈다. 그러지 말고 뵈뵈, 이것 좀 봐. 이것 좀 봐, 뵈뵈.

뵈뵈의 양날톱이 큐피의 얼굴 쪽으로 길게 다가왔다. 복덕방 김씨가 버리고 간 거야. 그는 오늘 이십구번지로 이사했지. 어제까진 이십팔번지에 살았었고. 뵈뵈는 흡족하진 않지만 뭔가 움켜잡을 것이 생겨 기쁜 것 같았다. 괜찮니? 뵈뵈. 좋아? 뵈뵈. 뵈뵈는 큐피의 얼굴을 쓰다듬으려 했지만 만질 때마다 길고 가는 흠집이 났다. 그러니까 뵈뵈, 내가 하고 싶은 말은. 뵈뵈, 그러지 마. 아니야, 그러지 마, 뵈

뵈. 뵈뵈는 큐피를 움켜쥐려 하고 있었다. 움켜쥐려 하고 있
었다.

　떠나기 직전 복덕방 김씨는 집 앞에 쭈그리고 앉아 길게
길게 담배를 피웠어. 오래오래 큐피를 쓰다듬으면서. 그러
다 뭔가 끔찍한 기억이라도 떠올린 것처럼 소스라치게 놀
라며 큐피를 버렸지. 나는 대문 뒤에 숨어 있었어. 큐피를
주워가야겠다 생각하면서. 드디어 이삿짐 트럭이 출발했
어. 그렇게 얼마간 가는가 싶더니 갑자기 차가 멈췄지. 복
덕방 김씨가 차에서 내리는 게 보였어. 김씨는 곧장 자신이
버린 큐피에게로 걸어갔어. 그러곤 땅바닥에 누워 있는 큐
피를 내려다봤어. 나도 멀리서 큐피를 바라봤어. 한참을 바
라보던 복덕방 김씨는 뭔가 큰 잘못이라도 한 얼굴로 얼른
큐피를 주워서 품에 안았지. 그는 큐피를 안고 차에 올랐어.
나는 여전히 대문 뒤에 숨어 있었지. 숨어 있었지. 이삿짐
트럭이 다시 천천히 움직이려고 했고 나는 숨어 있었지. 숨
어 있었지. 트럭이 떠나가고 있었어. 그렇게 내 큐피가 떠나
가고 있었어. 사라져가는 트럭의 뒤통수는 더이상 직사각

형일 수 없을 만치 직사각형이었어. 이제 그만 일어서려는 데 저 멀리 트럭의 차창이 스르르 내려오는 게 보였어. 복덕방 김씨의 팔이었지. 그의 손엔 큐피가 들려 있었고. 머뭇거리는가 싶더니 창밖으로 큐피를 버렸지. 다시 큐피를 버렸지. 멀리 던지진 않았어. 그저 축 늘어진 팔 아래로 슬쩍 늘어뜨렸지. 큐피가 차 바퀴에 밟히지 않도록. 언젠가 다시 주워갈 수 있도록. 이삿짐 트럭이 모퉁이를 돌아간 뒤에도 난 숨어 있었지. 숨어 있었지.

뵈뵈, 내 말 들리니. 내 말 듣고 있니, 뵈뵈. 난 이삿짐 트럭이 보이지 않게 되고서도 한참을 숨어 있었지. 한나절 혹은 누군가의 이름을 기억해낼 수 있을 만큼의 시간 동안. 그러니까 뵈뵈, 내가 하고 싶은 말은, 뵈뵈. 뵈뵈? 뵈뵈 뵈뵈는 검은색에서 회색으로 회색에서 검은색으로 사라져가고 있었다. 사라져가고 있었다. 나는 처음으로 시간이 사라져가는 광경을 보고 있었다. 보고 있었다.

맑은 날이었지만 어두운 방 밖으로 끊임없이 비가 내리

고 있는 것처럼 느껴지는 그런 날이었다. 박수 받고 싶니, 뵈뵈. 상처에 대해 얘기해줄까, 뵈뵈. 그때 우리가 베었던 풀들은 끝이 없었고 베어내는 순간 다시 자라나는 그런 느낌이었지. 인정사정없이 번식하는 밤의 공원들 같았지. 뵈뵈? 뵈뵈? 그날 너와 내가 처음 가본 소도시 상점에서 사먹었던 그 도너츠 말이야. 하얀 설탕시럽 범벅이던 그 싸구려 도너츠 말이야. 뵈뵈? 뵈뵈? 마음이 바빠진 나는 이 얘기 저 얘기 저 얘기 이 얘기 생각나는 대로 마구마구 지껄였다. 그러나 뵈뵈는 내 얘기마다 그저 응,이라고만 했다. 그저 응. 목소리로만 목소리로만. 뵈뵈, 그러지 마. 아니야, 그러지 마, 뵈뵈. 뵈뵈는 사라지고 있었다. 사라지고 있었다. 검은색에서 회색으로 회색에서 검은색으로 사라져가고 있었다. 사라져가고 있었다. 뵈뵈, 결국 그런 거구나. 그런 거구나, 뵈뵈. 정말 비가 내리고 있는 것처럼 느껴지는 그런 날이었다. 그러니까 뵈뵈, 내가 하고 싶은 말은. 내가 하고 싶은 말은, 뵈뵈.

카리포니아

카리포니아 카리포니아 카리포니아에 있는 누이에게 편
지를 쓴다. 나의 누이는 까막눈, 눈이 까맣고 노래를 잘한
다. 카리포니아 카리포니아 누이의 기타는 카리포니아 카
리포니아 하고 울고, 누이의 이름엔 붉은 줄이 두 줄 그어
져 있다. 내가 원하는 건 편지 보낼 주소를 갖는 것뿐. 그러
나 카리포니아는 이미 오래전 잊혀진 지명. 바람이 차가워
질수록 능소화 꽃잎도 붉어진다라고 쓴 것은 누구인가. 오
지 않는 답장을 기다릴수록 손톱 밑의 붉은 물은 짙어지고,
온 생애를 돌고 돌아온 울음소리가 귓가를 맴돈다. 편지 받
기 위해 편지 쓰는 사람은 카리포니아의 울음을 온몸으로
받아본 적이 있는 사람. 죽은 나무 가지마다 한올 한올 거
꾸로 머리를 매단 채 누이는 무구한 까만 눈알을 굴리며 카
리포니아 카리포니아 하고 울고, 나는 울음의 침대 밑에 숨
어 침을 흘린다. 바닥의 얼룩은 누이의 이름처럼 보이지만
누이는 제 이름조차 쓸 줄 모르는 까막눈. 말하지 못한 말
들은 죽어서 붉은 꽃으로 피어나고, 부르지 못한 이름은 죽
은 나무마다 붉은 열매로 매달리고, 나는 한낮인데도 흥건
한 침 위에 엎드려 죽은 듯 잠을 자고. 침 잠 침 잠 침 잠 침

묵 또한 그러할 것. 침묵이 더이상 침묵으로 발음되지 않을 때까지. 카리포니아 카리포니아 언제부터 사람들은 죽은 사람의 이름 위에 붉은 줄을 긋기 시작했나. 어째서 사람들은 붉은 잉크를 낭비하며 카리포니아를 새겨넣는 걸까. 오늘도 나는 편지 받기 위해 편지를 쓰고, 카리포니아 카리포니아 누이는 까막눈, 눈이 까맣고 혼잣말을 잘한다.

녹슨 씨의 녹슨 기타

녹슨 씨의 녹슨 기타는
언제나 반음이 모자란 소리를 낸다
기타여 울려라 울려라 기타여
울리지 않는다 제대로 울릴 리 없다
녹슨 소리에 물든 그의 귀가 녹아내린다
녹슨병에 걸렸다 녹슨병에 걸렸다
귀가 녹아내리자 음악이 흘러넘치기 시작했다
음악 아닌 음악이 거리를 물들이기 시작했다
알 수 없는 사람들이 소문처럼 몰려왔다
한번도 들어본 적 없는 음악을 듣는 것처럼
그의 방에 들어선 사람들은 자신의 귀를 의심했다
녹슨 씨가 녹슨 기타를 들고 커튼 뒤에서 걸어나왔다
친구들이여, 녹슨 씨는 일평생 친구가 없었다는 사실을
기억해내곤 말을 바꿨다
제군들이여, 그러나 녹슨 씨는 선생도 장군도 아니었다
뭐라 불러야 할지 모를 너희들이여, 이곳은 너무 고요해
서 소란하고 나는 귀를 잃었소
그러니 나는 당신들의 말을 듣지 못하고

내가 내뱉는 소리마저 듣지 못하오 이렇게 기쁠 데가

녹슨 씨는 청중들 앞에서 그토록 고대하던 생애 첫 연주
를 시작했다

녹슨 씨의 녹슨 기타는 녹슨 소리로 녹슨 소리로

일제히 날아오르는 벌새들의 환하고 투명한 날갯짓처럼

일제히 무너져내리는 한여름 빙벽의 거대한 숨소리처럼

으아아아아아아아아아아아아아아아아아아아아아아앙

어디선가 검은 새 한 마리가 날아왔다

무화과나무 열매의 계절

그 시절 나는 잘 말린 무화과나무 열매처럼 다락방 창틀 위에 조용히 놓여 있었다. 장례식 종이 울리고 비둘기 날아오를 때 불구경 간 엄마는 돌아오지 않았다. 오빠는 일년 내내 방학. 조울을 앓는 그의 그림자는 길어졌다 짧아졌다 짧아졌다 길어졌다. 넌 아직 어려서 말해줘도 모를 거야. 내 손바닥 위로 무화과나무 열매 두 개를 떨어뜨리고 오빠도 떠나갔다. 기다리지도 않는데 기다리는 사람이 되는 일은 무료한 휴일 한낮의 천장 모서리같이 아득했다.

오빠가 떠나자 남겨진 다락방은 내 혼잣말이 되었다. 열린 창밖으론 끝없는 바다. 밤낮없이 울고 있는 파도 파도. 주인을 잃은 마호가니 책상 위에는 연두 보라 자주 녹두 색색 종이테이프, 지우개 연필 증오 수줍음 비밀 비밀들. 도르르 어둠의 귓바퀴를 감아넣듯 파랑파랑 종이꽃을 접으며 나는 밤마다 오빠의 문장을 읽었다.

누구에게도 보내지 않을 편지를 쓰고 또 쓰는 밤. 아무도 나를 사랑하지 않습니다. 자신을 미워하는 고백의 목소리.

오빠의 공책 위로 지우개 가루가 검은 눈물을 뚝뚝 흘리고 있었다. 돌아오지 않는 것들은 언제까지 돌아오지 않는 것들일까. 기다리는 것들은 언제까지 기다리는 것들일까. 어제의 파도는 어제 부서졌고 오늘의 파도는 오늘 부서지고 내일의 파도는 내일 부서질 것이다.

　모두 어디에 계십니까.

　모두 안녕히 계십니까.

　밤이면 착하고 약한 짐승의 두 눈이 바다 위를 흘러다녔다. 끝없이 밀려갔다 밀려오는 물결들. 끝없이 밀려왔다 밀려가는 가없음. 그것이 나를 울면서 어른이 되게 했다. 열매를 말리는 건 두고두고 먹기 위해서지. 잘 말린 무화과나무 열매를 씹으며 나는 자라났고 떠나간 사람들보다 더 많은 나이가 되었다는 사실을 알았을 땐 또다시 무화과나무 열매의 계절이 돌아오고 있었다.

별 시대의 아움

어제 익힌 불안의 자세를 복습하며 한 시절에 대해 생각한다. 그것은 이제 막 떠올랐다 사라져버린 완벽한 문장. 영원히 되찾을 수 없는 언어의 심연. 시대에 대한 그 모든 정의는 버린 지 오래. 내 시대는 내가 이름 붙이겠다. 더듬거리는 중얼거림으로, 더듬거리는 중얼거림으로. 여전히 귓가엔 둥둥 북소리. 내 심장이 멀리서 뛰는 것만 같다. 세계는 무의미하거나 부조리한 것이 아니다. 그냥 있는 것이다, 그냥 있는 것. 의심을 하려거든 너 자신의 눈을 의심하고 너의 귀를 씻어라. 언제나 우린 멀리 더 멀리 이곳이 아닌 다른 곳으로 가고 싶었지. 극동의 자퐁으로 가자, 극동의 자퐁으로. 그러나 그대여, 누군가에겐 우리가 있는 바로 이곳이 극동이다. 일곱 계단의 정신세계. 식어버린 수요일의 요리를 먹고 얼굴을 가릴 망토도 없이 거리를 배회하던 날들. 차라리 녹아내리기를 바라던 유약한 심정으로. 시대에 대해 생각할 때마다 내가 가진 단어를 검열하는 오래된 버릇. 무한반복되는 기하학적 무늬의 영혼을 걸치고 혼자만의 아주 작은 구멍으로 빨려들어갈 듯한 노랫말을 흥얼거리며. 어제의 기억에 단호히 마침표를 찍는 사람의 마지막 타들어가는 담배가 되고 싶다. 타닥 타닥 타닥. 질 좋은 담배는 이런 식의 싸구려 발성을 하지 않는다. 그러나 나는 자신이 자신이 아닌 것처럼 생각하는 싸구려 발상법에 익숙하다. 구토라도 하듯 목구멍에서 말들이 쏟아져내린다. 어머니가 울고 있다. 나비가 날고 있다. 너무 많은 바퀴 단 것들이 우루루 지나간다. 문득 비둘기 한 마리가 욕설을 퍼부으며 내 발치에 내려앉는다. 구구구 구구구. 구구단을 외우고 좀 울어도 좋을 날씨. 한 시절을 생각할 때마다 오래전 잃어버린 문장 하나가 입속에서 맴돈다. 이 거리에서 몇번 굴러야 할지 몰라 두 번만 굴렀다. 앞으로 두 번, 뒤로 두 번. 후회 반성 고쳐 말하기는 오래된 나의 지병. 얼룩이 남는다고 해서 실패한 건 아니다. 한 시절을 훑느라 지문이 다 닳았다. 먼지 같은 사람과 먼지 같은 시간 속에서 먼지 같은 말을 주고받고 먼지같이 지워지다 먼지같이 죽어가겠지. 나는 이 불모의 나날이 마음에 든다.

그늘의 입

　너는 언제나 회색의 혀로, 회색의 목소리로. 우리는 서로
에 대해 더이상 아무것도 묻지 않는다. 오해라는 말로 이해
하지 않기 위해, 이해라는 말로 오해하지 않기 위해. 이후로
우린 서로에 대한 질문지를 삼켜버렸지. 이후로 우린 꿈에
대해서만 이야기했지. 무수한 말이 적힌 백지를 간직한 채
꿈은 반대라는 말을 괄호 속에 묶어둔 채.

　새의 이름을 가진 물고기, 물고기의 이름을 가진 새. 구슬
프다는 말은 날개 달린 짐승을 떠올리게 한다. 우리는 날개
와 아가미를 나누어가진 뒤 천천히 서로로부터 멀어지고,
꿈속에선 하나의 이름으로 둘을 부르는 일에 골몰했다.

　소리가 노래가 되는 온도에 대해
　소리가 노래가 되지 않는 무구함에 대해
　서로의 손과 발을 만지듯 오직 자기 자신에 대한 글만을
쓰고

　생몰연대조차 알 수 없는 저주받은 시인의 문장과 검정

모자를 쓴 신원미상의 그림자와 터널 속에 남겨진 내 일곱 손가락과 삼각형이 나를 찌르는 방식과 푸른 발을 가진 새들과 나무둥치의 상처와 소멸하는 별들과 환각의 꽃과

　몇가지 오류를 거쳐 나는 입 밖으로 귀환했다. 기다리는 사람은 아무도 없었다. 이후의 시간은 방부처리된 길고 투명한 유리병의 나날. 서로의 입속말을 훼손하지 않는 대신 여분의 종이는 어둠으로 물들고, 잠에서 깨어나면 생각나지 않는 꿈에 대해서만 이야기했다.

양의 창자로 요리한 수프로 만든 시

눈보라 속에서 럼주 한잔
아름다운 동물 얼굴을 만나러 가자
운이 좋다면 진초록 오로라는 덤으로

눈이 흐릿한 집시 할멈의 노래는 이렇게 시작한다
하늘이 부르면 올라가리라 하늘이 부르면 올라가리라

라크―리큐어
이쉬켐베 초르바스―양의 창자로 만든 수프
오렌지
화이트치즈
로즈잼
코윤 바쉬유―양머리 통구이
체르케스 타부―호두소스를 뿌린 닭고기 냉채
아르나웃 셰리―새끼양의 간에 붉은 고추를 넣어 튀긴 것
이맘 바윤드―토마토, 양파, 가지를 넣어 한데 끓인 요리
카딘 부두―기계로 저민 어린 양고기를 삶은 경단
미디에 돌마스―쌀과 소나무 열매를 넣은 조개

제티냐울 푸라리 — 양파와 쌀을 끓인 것
시가라 브레이 — 치즈를 넣은 패스트리
케슈쿨 — 아몬드와 쌀가루로 만든 커스터드
카이마르크 에르마 콤포스트 — 사과시럽을 익힌 것
아이란 — 요구르트를 묽게 만들어 거품을 일게 한 음료*

늙어버린 두 손 위에 늙어버린 진심을 얹어
아무도 모르게 잠이 들리라 아무도 모르게 잠이 들리라

오로라는 꿈속에서만 타는 듯한 녹색
동물의 동공은 기억 속에서만 아름다운 미로

입김 위에서 휘몰아치는 알래스카 윈터
낡은 선술집 창 너머로 스며드는 붉고 검은 색

* 터키 요리의 이름과 설명은 후지와라 신야의 『동양기행』에서
발췌.

모퉁이를 돌다

어느날 당신 앞에 모퉁이가 나타난다 모퉁이는 당신이 보았거나 보게 될 한없이 이어진 몇개의 선분이다 당신은 모퉁이를 돌며 모퉁이라고 발음하고 모퉁이라고 발음하며 모퉁이를 돈다 모퉁이는 돌거나 그냥 지나칠 수 있다 오늘도 모퉁이는 당신에게 사라지거나 나타날 것을 종용한다 모퉁이는 지나치고 모퉁이는 냉정하고 모퉁이는 어둡고 모퉁이는 발생 가능한 사건의 형태로 존재한다 당신은 모퉁이를 돌면서 위를 쳐다본다 하늘이 보이거나 보이지 않는다 보고 싶다고 되뇌면 보고 싶은 감정이 더할까 덜할까 이것은 문장으로 연습해보는 어떤 종류의 감정이다 소멸되기를 거부하는 어떤 종류의 감정이다 삼각형 사각형 각진 도형들의 감각으로 위로받고 싶은 모종의 마음이다 새장의 새처럼 새의 새장처럼 휘날리는 은빛 깃털처럼 은빛 깃털의 휘날림처럼 당신은 약간의 온기만 있으면 족하다 그러나 당신에게 온기는 언제나 부족하다 당신은 모퉁이를 돌며 오전과 오후를 연습한다 나타났다 사라지는 일의 불가해함을 연습한다 그림자의 각도를 예측하고 그림자의 일부가 된다 모퉁이를 돌면서 모퉁이라고 발음하고 모퉁이라고

발음하면서 모퉁이를 돈다 어느날 당신 앞에 모퉁이가 나
타난다

아름다운 트레이시와 나의 마지막 늑대

아름다운 트레이시가 집을 나선 것은 새벽 두시였다. 차오른 달이 기울기 시작하는 시간. 트레이시는 혼자 머리카락을 자르고 서랍 깊숙이 숨겨둔 낱말카드 한 장을 호주머니에 넣었다. 나는 머리에 늑대 한 마리를 이고 있었다. 늑대는 우우 울고 감았던 눈을 뜨자 속눈썹 하나가 흰 종이 위로 떨어졌다. 죽었구나. 물기 어린 눈썹의 마디를 어루만질 때 늑대는 우우 울고 나의 아름다운 트레이시는 떠나간다. 흩날리는 모래알 속에 두고 온 내 그림자. 얼굴 없는 손을 잡고 걸어가던 미로의 흰 빛. 이제 나는 나를 찾으러 간다. 흘러다니는 흘러다니는. 잡을 수 없는 잡을 수 없는. 이제 내게 허용되지 않는 낱말이란 없다. 기침. 토막난 문장. 나의 아름다운 트레이시는 더이상 기침하지 않는다. 트레이시는 얼음 같은 침착함으로 자신의 기침을 조용히 견뎌왔다. 음산한 구름과 뒤로 나는 새와 피지 않는 꽃. 나뭇가지로 땅을 파던 말더듬이 소녀는 기어이 자라 그리운 흙 속으로 돌아간다. 저마다의 비밀을 간직한 전설의 나무들 속으로. 이제 너는 나무의 언어를 이해하는 열매의 사람. 나는 남겨진 낱말카드를 늑대에게 보여주었다. 그것은 은밀히 내가 너를 부르던 이름. 떠나간 낱말카드와 짝을 이루는. 그것으로 족하다 그것으로. 덧문을 지나가는 트레이시의 뒤를 늑대가 따라갔다. 너무 많은 죄가 떠나가고 있었다.

오리와 나

    오리와 나는 계단식 포도밭에 앉아 있었다. 가연성 쓰레기봉투와 불연성 쓰레기봉투를 앞에다 둔 채 아름다운 트레이시를 어디에 담을지 고민하면서. 그건 단지 붉은 알약과 푸른 알약의 차이. 알약 하나를 선택한 순간 트레이시는 포도밭 후문에 버려진다. 혼자 남겨진다. 슬픔을 정문에 내걸어 전시하기엔 내겐 비밀이 너무 많았다. 비밀을 간직한 자는 다른 누군가에겐 뾰족한 모서리를 내밀게 되는 사람. 말수를 줄이는 것만으로도 비밀은 넝쿨식물처럼 번식한다. 둥글고 투명한 입방체가 되길 원한 적은 없지만 이런 식은 아니었다. 구름과 구름은 물가를 떠내려가는 잎사귀처럼 어제에서 어제로 사라져가고. 하늘에서 가장 가까운 묘지. 더이상 오를 곳이 없었다. 오리와 나는 종이인형처럼 납작해진 서로의 몸을 바라보았다. 이제 아름다운 트레이시가 남기고 간 비밀 하나씩을 털어놓을 시간. 나는 영원히 해독되지 않는 처방전을 오리에게 주었고 오리는 누구도 모르게 될 뻔한 오래된 병에 대해 얘기해주었다. 우리는 처방전과 오래된 나쁜 병을 바꾼 뒤 다시 자리를 바꿔 앉았고 다시 서로의 가면을 바꿔 썼다. 무료하진 않았다. 무엇을 하든 시간은 제 걸음 위에 머무는 법이 없으니까. 떠나간 이름을 기억할 만한 단순하고 무의미한 움직임이 필요했을 뿐. 검은 포도밭에 목례를 보내는 동안 푸른 잎사귀는 사방연속 무늬처럼 물결치고 있었다.

편지광 유우

편지광 유우를 다시 만난 것은 물방울이 떨어지던 어느 저녁, 공원의 한 벤치에서였다. 유우는 맞은편 벤치에 앉아 노란 포스트잇에 뭔가를 적고 있었다. 아주 오래전에 내가 줬던 유리반지를 낀 채로. 유우는 나를 알아보지도 못했다.

전날 나는 꿈을 꾸었다. 편지광 유우의 검은 펜이 나타나 자신의 심장은 겨우 다섯 개에 불과하다고 말했다. 적어도 백 개가 될 때까지는—. 하필이면 그때 꿈에서 깨고 말았다. 목이 말랐다.

때로는 이런 꿈도 꾸었다. 하나 둘 셋 넷. 편지광 유우는 숫자를 센다. 의미 같은 건 없어. 그저 이렇게 세는 게 좋을 뿐이야. 좋을 대로 해. 삼육구 삼육구 삼육구 삼육구. 편지광 유우는 여전히 남들과 사이좋게 지내는 법을 모른다. 그것이 유우를 외롭게 하는 동시에 빛나게 한다. 나는 매번 문장을 적다 말고 꿈에서 깬다.

이 도시 곳곳에는 암호가 적혀 있다. 편지광 유우가 자신

의 검은 펜을 데리고 이 도시로 흘러들어온 이상 이제 그것
들을 무심히 지나쳐버릴 순 없게 되었다.

첫번째 메모는 동그란 코안경을 낀 산타클로스 광고판
위에 붙어 있었다. *나는 나 자신과도 공통점을 갖지 못한다.*
편지광 유우는 여전히 카프카적으로 방황하고 있었다. 나
는 그 노란 포스트잇을 떼어 호주머니에 넣었다.

나는 유우의 유리반지를 바라보았다. 유우는 노란 포스
트잇을 떼었다 붙였다 구겼다 폈다 했다. 이따금 내 두 손
을 뚫어져라 바라보면서. 유우는 언제나 가까운 곳에 놓인
사물들을 빤히 쳐다본다. 자신의 존재가 타인에겐 보이지
않는다는 듯이. 돌이켜 생각해보면 유우는 단 한번도 내가
원한 자리에 있었던 적이 없었다. 물론 원하지 않은 곳에도
놓여 있는 법이 없었다.

잃어버린 것은 찾았니? 십년 전에도 나는 그렇게 물었다.
편지광 유우는 고개를 들어 나를 바라보았다. 놀라지도 않

았다. 아니, 그토록 하찮고 보잘것없는 것인데도 아직까지. 유우는 빈 호주머니를 뒤적이듯 상심한 눈빛이었다.

유우가 잃어버린 것은 몇개의 단어였다. 하찮고도 보잘것없는 단어 몇개. 무엇을 잃어버렸는지조차 알 수 없는, 끊임없이 질문을 던져볼 수밖에 없는, 어쩌면 약간의, 아주 약간의 타협이 필요한.

검은 펜을 찾았다는 생각이 들면 검은 펜을 잃어버린 것이다. 금요일의 얼굴을 찾았다는 생각이 들면 금요일의 얼굴을 잃어버린 것이다. 죽은 친구의 편지를 찾았다는 생각이 들면 죽은 친구의 편지를 잃어버린 것이다. 이를테면 일종의 맥거핀 수법인 셈이지. 유우와 나는 히치콕의 영화를 쓸데없이 많이 보았다.

우리는 서로에게 말하지 못한 말들이 무엇인지 서로가 알고 있다는 사실을 알고 있다. 우리 둘 모두 이 사실을 잘 알고 있다. 이것이 바로 우리가 그 오랜 세월 동안 영원히 헤어지지도 영원히 만나지도 못하는 이유다.

　지나긴 시간에 관대해진다면, 다가올 시간에 관대해진다면. 자기 자신을 잃는다면, 자기 자신을 찾는다면. 간직해온 꿈을 버린다면, 간직해온 꿈을 꾼다면. 유우는 영원히 자기 자신과 공통점을 갖지 못할 것이다.

　나는 약간의 탄수화물만 섭취할 뿐이야. 나머지는 공원의 비둘기에게 던져주지. 유우와 나는 도시의 곳곳을 걸어다닌다. 나는 유우가 남겨놓은 메모들을 눈으로 좇고 있다. 유우는 이 도시 여기저기에 짧은 편지를 써두었다. 누구에게도 아닌, 자기 자신에게 보내는 편지. 자기 자신에게조차 이방인으로 느껴지는 사람에겐 어제 쓴 메모 또한 타인의 기록일 뿐이다.

　아무런 개연성도 없는, 이렇다 할 논리도, 열쇠처럼 확실한 의미도 없는 네버엔딩 스토리. 하지만 이왕이면 해피엔딩이면 좋겠어. 편지광 유우도 제법 나이를 먹었다. 이제는 울면서 웃을 수 있는 나이가 되었다. 어지간해선 잘 웃지 않지만 쉽게 부끄러워하지도 않는다. 슬퍼하거나 지치지도 않는다. 그걸로 됐다, 아직까지는.

여행은 짧다. 고작해야 몇주 정도. 나는 곧 이 도시를 떠날 것이다. 그리고 무언가를 잃어버릴 것이다. 뒤돌아서면 두 번 다시는 기억하지 않을 것이다. 편지광 유우는 물방울을 튕기며 걸어간다.

왜 너는 단 한번도 답장하지 않았니? 편지광 유우가 뒤돌아서며 묻는다. 매일 아침과 저녁, 네가 내게 편지를 쓰는 이유와 같아. 편지광 유우가 후회를 하고 있는 것이라면 지난날의 나를 용서할 수 없을 것만 같은 기분이 든다.

이마의 주름과 느려진 걸음 외에는 편지광 유우는 조금도 변하지 않았다. 마지막 메모 역시 물음표로 끝난다. 마침표는 유우의 세계에 속한 것이 아니다.

저만치 편지광 유우의 모습이 사라져간다. 나는 또다시 어느 골목에서 유우를 잃어버렸다. 우리는 다시 우연처럼 만날 것이다. 그전까지는 서로가 서로를 찾는 일은 없을 것이다.

작고 흰 공

창이 있고 거울이 있고 촛불이 있고 주전자가 있고 물컵이 하나 있다. 호흡이 난파선처럼 흩어진다. 어디선가 물방울이 떨어진다. 나는 이 삶의 누수를 막을 힘이 없다. 당신의 감은 두 눈. 오른쪽 눈 왼쪽 눈. 당신의 눈이 보고 싶다. 한번만 단 한번만. 당신의 눈과 내 눈이 마주쳤을 때 듣고 싶은 말이 있었다. 하고 싶은 말이 있었다. 그러나 당신의 검은 눈동자는 흰빛 쪽으로 흰빛 쪽으로. 당신도 알지 못하는 당신 눈 속의 유리 수정체 속으로. 시간은 자꾸만 뒤로 물러나고 고개를 들면 물방울은 증발하고 없다. 꽃과 꿈과 날개를 펼쳤던 시절이 나를 조롱한다. 우리의 눈 주위에서 어른거리던 작고 흰 공을 이제는 어느 주머니에 넣어두어야 할까. 오른쪽 주머니 왼쪽 주머니. 단단한 사물들을 비웃듯 뼈 없는 계절풍이 날아와 내 가슴에 박힌다. 우리는 결국 같은 방향으로 간다는 걸 알지만 온기를 위하여 굳게 잡은 손. 당신의 손은 마른 짚단처럼 멀리 저 혼자 고요하다. 한번도 제대로 헤아리지 못한 호흡 호흡만이. 손바닥의 짧은 생명선을 길게 길게 그으며 호흡을 중얼거릴 때 드디어 창백한 손 하나가 침대 밖으로 떨어진다. 당신은 더이상 희

60

미해질 수 없을 만큼 희미해진다. 내부의 내부 혹은 외부의 외부로 사라진다. 세계의 그림자가 돌연 어둡게 넓어진다. 물방울 물방울 물방울들. 내 작은 호주머니 속에서 헛된 비밀처럼 부풀어오르는 우리의 작고 흰 공. 창이 있고 거울이 있고 촛불이 있고 주전자가 있고 물컵이 하나 있다.

검버섯

너는 이상한 얼굴을 하고 있다 좋다 아름답다 그런데 이
건 언제 생겼지 검버섯 이상한 냄새가 난다 좋다 아름답다
너도 견디고 있구나 의지와 상관없이 너의 눈엔 자꾸만 물
이 고인다 부식된 표정 위로 어둠의 더께가 천천히 내려앉
는다 그사이 검버섯 한 개 두 개 세 개 이불을 뒤집어쓰고
손가락에 난 사마귀 숫자를 센다 하나 둘 셋 숫자를 세지
마 세면 셀수록 늘어날 거야 그러나 너는 숫자 세기를 병적
으로 좋아한다 바람의 세기는 강약 중강약 왈츠는 사분의
삼박자 춤은 좋지만 불은 싫었다 검버섯 불가해한 얼룩 무
해하지만 불길하다 모든 불행은 겁에 질린 자들의 몫이다
너는 마당 한귀퉁이를 걸어가는 사마귀 한 마리를 돌로 찍
는다 사마귀는 뭔가 이상한 것을 질질 끌고 이쪽에서 저쪽
으로 기어간다 내장이라는 말을 꺼내기가 두렵다 결국 두
려움이 너의 내장을 터뜨릴 것이다 더 번지기 전에 더 커지
기 전에 더 어두워지기 전에 너는 그것을 찍어눌러야 한다
이쪽에서 저쪽으로 질질질 기어가기 전에 자리를 바꾸어야
한다 너는 이상한 얼룩을 하고 있다 좋다 아름답다 몹쓸 계
시 같다 모든 불행은 돌이켜 생각하거나 앞질러 생각하는

자들의 몫이다 그림자가 사소한 방향으로 옮겨간다 남은
시간을 세는 일이 먼지처럼 느껴진다 어제와 같은 방식으
로 또다른 하루가 조용히 들이닥친다

나의 귀에 너의 사과가

　개를 끌고 가는 내가 있고 발이 무거운 네가 있다. 거리는
여러 갈래로 갈라진다. 어제의 태양이 머리 위로 떨어진다.
너는 손바닥 안에 사과를 숨기고 있다. 사과는 둥글고 사과
는 붉다. 달콤한 과육은 희고 긴 벌레들의 속죄양. 벌레의
미래는 과즙으로 출렁이겠지. 나의 귀는 너의 사과를 향해
열려 있다. 사과 속의 사과는 천천히 사라져간다. 나의 귀에
너의 사과가 도착하기까지는 아직 시간이 남아 있다. 상상
해본 적 없는 점선의 궤적을 그려볼 시간. 이를테면 죽음을
향해 떠나는 개미의 이동경로를 상상해볼 시간. 일개미 여
왕개미 소년개미 소녀개미. 내 손바닥 위에서 끝나기도 하
는 개미의 일생에 대해. 나의 개는 발이 아프다. 신발을 신
지 않아 발을 절룩거린다. 산책로의 질감은 한번도 신중히
고려된 적이 없다. 어머니 혹은 의자라는 낱말의 어감을 거
스를 수 없듯이. 나의 집은 불타 없어져버렸다. 너의 진심은
수축하고 있다. 개를 끌고 가는 내가 있고 발이 무거운 네
가 있다. 사라지는 사과의 속도에 비례해서 거리가 생겨난
다. 나의 귀에 너의 사과가 도착하기까지는 아직 시간이 남
아 있다. 첫 닭이 울기 전에 너는 너를 세 번 부인할 것이다.

창문 사람

나는 그쪽을 보지 않으려고 했다. 그래서 그쪽을 보고 말
았다. 너는 이쪽을 보려고 했다. 그래서 이쪽을 볼 수 없었
다. 창문이 하나 있고 조금 그립습니다. 그러나 나는 울지
않는 사람이니까 거리를 달리면서 휘파람을 불었다. 너는
창문 밖에 서 있는 사람. 한번 창문 사람이면 영원한 창문
사람이다. 카렌다 레코다 기카이다. 도케이 시케이 만포케
이. 메이레이 시레이 한레이. 기어이 운율을 맞추고야 마는
슬픈 버릇. 너는 배려하지 않는 사람이 좋다고 말했다. 나는
조금도 배려하지 않는다. 슬픔은 아무도 달래줄 수 없을 때
야 진정 아름다운 법이지요. 나는 울지 않는 사람이니까 거
리를 달리면서 휘파람을 불었다. 휘파람을 불 줄 몰랐지만
쉬지 않고 휘파람을 불었다.

나선의 바람

　기억의 숲에서 망각의 바람까지 우리의 목소리는 더이상 어두울 수 없을 만치 어두워 숲으로 감추고 바람으로 속이고 숲에서 바람까지 나무에서 구름까지 감추고 삼키고 속이고 숙이고 죽이고 묻히고 말리고 밀리고 우리는 뒤에서 우리는 목소리 뒤에서 우리는 우리의 죽은 목소리 뒤에서 몇발짝 뒤에서 간신히 어제에서 어제로 사라져가는 시간 속에서 숲으로 바람으로 구름에서 종이까지 어쩌면 거기에서 어쩌면 여기로 나선의 숲에서 나선의 바람까지 어둠은 더이상 어두울 수 없을 만치 어두워 죽음의 숲에서 기억의 바람까지 어쩌면 이제는 아직도 적어도 걸어서 기어서 숲에서 숲으로 곁에서 곁으로 의지와 망각과 불과 춤과 어둠과 죽음과 거기에서 여기로 여기에서 거기로 이미 드디어 우리는 죽었고 나선의 바람과 숲의 불과 물의 춤에게 드디어 우리는 아직도 우리는 숲과 숲으로 망각과 망각으로 우리의 목소리는 더이상 조용할 수 없으리만치 조용히 우리는 죽었고 나선의 바람에서 기억의 불까지 아직도 이미 벌써 또다시

눈 위의 앵무

소화꽃 피던 밤 눈 위의 앵무는 붉은 깃털을 세우고 영원의 길을 가리켰다. 그러니까 내가 바라보는 곳은 눈길 저 너머. 이곳에 없는 것에 대해 이야기하는 사람의 낡은 호주머니 속 한 가닥 보푸라기를 만지는 심정으로. 나는 우리가 즐겨 했던 끝말잇기의 궤적을 그려보려는 헛되고 헛된 망상에 사로잡혀 있었다. 그 밤 눈 위의 앵무는 자신의 그림자를 끌고 날아오르려 날아오르려. 반성하는 습관을 버린다면 나는 좋은 사람이 될 텐데. 앵무의 발은 노란색으로 물들어 있었다. 부드러운 치자빛으로 물들어 있었다. 우리는 꽃의 향기를 맡을 줄 압니다. 우리는 그리운 곳으로 손을 뻗을 줄 압니다. 네가 말하자 눈 위의 앵무는 눈썹 위의 물방울을 털어냈다. 누군가의 목소리를 흉내내듯 길고 흐릿한 점선의 방향으로. 눈 위의 앵무는 모두들 잘 있다고만 했다 잘 있다고만. 너는 까닭없이 울기 시작했다.

미리케의 노우트

내 사랑 미리케. 나는 지금 작은 섬에 유배되어 있소. 뗏목을 타고 뗏목을 타고. 뗏목 같은 건 없소. 땔감이 부족하오. 순사의 호각소리를 발굴한 건 당신을 잃어버린 뒤의 나의 열병. 순사는 귀가 밝소. 내 작은 흐느낌마저 듣는다오. 미리케 내 사랑. 내 사랑은 지금 섬 밖에서 배를 기다리고 있다 하오. 전갈은 없소. 그는 당신이 아니오. 당신이길 바라지만 당신은 아니오. 당신이 아니기에 나는 그를 미리케라고 불러본다오. 모래언덕이 흘러내리듯이 어둠이 어둠이 미리케. 내가 말 걸고 싶은 사람은 이미 죽은 사람들뿐. 그들은 과거도 미래도 가지지 않소. 두려움과 외로움의 심지는 타들어가고 나는 죽을병에 걸린 것만 같소. 죽는 것은 두렵지 않으나 내일의 일기는 조금 궁금하오. 맑음 흐림 혹은 비. 말하지 않았다는 혹은 말했다는 이유로. 순사의 호각소리는 당신의 발걸음 소리만큼 슬프게 멀어지고 그것은 단 한번도 정시에 도착한 적이 없고 다가가는 것만큼 멀어진다오. 미리케 이것이 내가 멀리서 당신을 사랑하는 이유요. 나는 강할 때조차 약하고 뒤늦게 눈 열린 자의 고독처럼 몹쓸 병에 걸렸소. 물고기를 바다로 되돌려주는 심정으로. 백지를 씹어삼키듯이. 열세 번의 실패와 열세 번의 실언 뒤에 당신에게 돌아가거든. 그때 미리케.

그림자 정원사

정원의 길은 둥글고 버섯의 왕은
포자의 모자를 쓰고 어둠의 수풀 속을 걸어간다
어둠의 수풀 수풀 수풀 그런 수풀 수풀 수풀

보퉁이를 들고 모퉁이를 돌았을 때, 어젯밤 여름이 내게
왔을 때,
  울고 싶어도 울지 못할 때, 웃지 못해 울 때, 그때,
  네가 누구냐라는 질문에 머뭇거리며 말 못할 때,
  깨어진 거울을 사이에 두고 너와 마주 앉았을 때,
  그때,
  기적이 일어나,
  너와 나의 입이 하나가 된다면,
  나는,

소리없는 방을 지나는 둥근 바퀴처럼
검은 사각형을 지우는 검은 사각형처럼
나무들은 그럼에도 흐른다 버섯의 왕이 자라듯
길게 위로 위로 내면에서 열리는 창문을 향해

문명의 운명의 말굽 발굽은 높이 높이
발 없는 발을 가진 슬픔을 뿌리에 묻고
검은 흙을 감싸안으며 흐르고 흘러

그림자 정원사는 내게 말했지
너는 한번 결혼하고 또 한번 결혼하게 될 거야
한번은 너 자신과 또 한번은 네 그림자와

난 아직 한번도 결혼하지 못했는데
난 아직 그 어떤 영혼과도 손잡아본 적이 없는데
내가 그림자인가요 그림자가 나인가요

내가 잡은 푸른 벌레는 매번 죽어 있었지
나는 녹색 병에 든 내 심장을 두 번 흔들었다
거품이 날 때까지 거품이 날 때까지 살아 있으라고

내 취향 내 기행 내 만행 내 악행 내 결백
나는 과거의 사람처럼 말하는 버릇이 있고

이 작은 인공의 숲에서 검은색으로 은둔중
거미줄 시계풀 곤충들의 소리에만 귀기울인 채
너는 네가 믿는 유령의 모습으로 희미하게 읽히고

초점 초침 초월
나의 동공은 녹청으로 물들어가는 정원의 빛
너의 거짓이 우거지도록 내버려두는 대신
내 오랜 그림자의 끝을 향해 여행하기로 했다

사몽의 숲으로

여기 누군가 두고 간 바둑판이 하나 있다
흰돌 검은돌 흰돌 검은돌
흰돌 흰돌 흰돌 검은돌 검은돌 김은돌
검고 흰 들판이라 불러도 좋겠지

명백함에 대한 명백함은 명백함의 명백함을 넘어서지 않
는다
 꼭 그만큼의 명백함에 대해
 꼭 그만큼의 암묵적 동의에 대해

거짓을 말하라는 목소리를 들었다
도의를 도리를
저버리지 말라는 목소리를 들었다

숲은 격앙의 진원지
진심을 다해 전하고 싶은

무엇을
그것을

그리하여 우리의 사몽
우리의 사몽은 어제의 기억처럼 늘어서 있지

양탄자와 구두 단추
빗자루와 빗자루와 빗자루와 빗
자루와 빗자루
빗자루에 집착하는 마음에 대해 설명할 수 있을까

여기 오래된 약속이 하나 있다
잊으라는 목소리가 하나 있다
잊지 말라는 목소리가 하나 있다
더이상 울지 말라는 목소리가 하나 있다

진홍의 붉은 불그레한 누군가의 식도 언저리를 지나는
초록의 검은 빛나는 이끼 이끼 이끼 웃자란 이끼들
웃자란 찌꺼기들 내뱉지 못한 찌꺼기들에 대해
목소리의 색깔을 식별하라는 목소리가 하나 있다

식별할 수만 있다면
식별할 수도 있을까

그리하여 사몽은 오늘도 빗자루질을 한다
사몽 사몽은 낙엽을 쓸고 쓸고 또 쓴다
서투른 문법으로 빗자루질을 한다 한다 한다
그러나 사몽은 긴 머리 긴 머리보다 더 긴 머리
나뭇잎은 계속 계속 떨어지지 쓸고 쓸어도 쌓여만 가지

말할 수 없이 긴 머리로
사몽은 나아가고 사몽은 되돌아오고
이 끝없는 공허의 숲의 적막의 언덕의 둔덕에 앉아
둥글게 퍼져나가는 구름의 빗자루질을 낙엽의 빗자루질을

밋딤

빛나는 것을 바라보듯 눈을 감았다. 거둘 수도 나아갈 수
도 없는 마음으로, 길쭉하게 진동하는 소립자의 호소처럼.
여기에 슬픔이 있고 여기에 틈이 있다.

당신은 왜 당신 자신의 얘기를 하지 않습니까.
나도 내 얘기를 해보려고 했습니다.
실은 이미 너무 많이 이야기해버렸지요.

우리에게 밋딤의 밤이 출현한다면 우리를 가로지르는 이
바람에 대해 질문하겠다. 너의 두 손은 제자리를 벗어나 있
었고 까닭없이 수줍고 돌연한 자세로 흔들렸다.

밋딤으로 다가가기 위해, 밋딤으로부터 멀어지기 위해
나는 남몰래 마음속으로 양을 세었다.

양 한 마리, 양 두 마리, 양 세 마리, 양 네 마리.
무한히 커지는 속삭임 한번, 무한히 작아지는 속삭임 한번.

흰색 다음엔 무슨 색이 오나요.
흰색 다음엔 흰색 아닌 색이 온단다.

그리운 냄새가 피어올랐지만 언제나처럼 반대편 서랍은 열리지 않았다. 내가 그것을 원했으므로, 내가 그것을 원치 않았으므로, 나는 나에게조차 보이지 않는 사람이 되었다.

양 한 마리, 양 두 마리, 양 세 마리, 양 네 마리.
오른쪽으로 두 발짝 걸어가자 눈물이 났습니다.

블랭크 하치

블랭크 하치. 내 불면의 밤에 대해 이야기해준다면 너도 네 얼굴을 보여줄까. 나는 너에 대해 모든 것을 썼다 모든 것을. 그러나 여전히 아직도 이미 벌써. 너는 공백으로만 기록된다. 너에 대한 문장들이 내 손아귀를 벗어날 때 너는 또다시 한줌의 모래알을 흩날리며 떠나는 흰빛의 히치하이커. 소리와 형태가 사라지는 소실점 너머 네 시원을 찾아 끝없이 나아가는 블랭크 하치. 언제쯤 너에게 가닿을까. 언제쯤 목마름 없이 너에 대해 말할 수 있을까. 공백 여백 고백 방백. 네가 나의 눈을 태양이라고 불러준 이후로 나는 그늘에서 나왔지. 블랭크 블랭크. 태양의 눈은 마흔다섯 개. 나 자신을 돌이킬 수 없는 얼룩이라고 생각했던 날들로부터 아홉 시간 뒤였다. 이후로 나는 타인의 눈을 바라보는 습관을 가지고 마음을 읽는 연습을 했지. 그러나 나는 공기와 물이 혼재된 별자리. 혼돈의 숙명을 지닌 채로 태어났고 그것만이 내 유일한 자랑. 블랭크 블랭크. 눈이 불타오른다. 눈이 불타오른다. 눈이 먼다는 것은 뜨거운 불을 품는 일의 댓가. 태양이 강물처럼 매순간 너의 벗은 등을 씻어내린다. 같은 강물에 한번조차도 발을 담글 수 없다는 듯이. 어쩌다 우리는 소멸하는 방식으로 스스로를 증명하는 사람이 되었을까. 지상에 집을 짓지 못하고 허공에 매달린 채로 이곳과 저곳 사이에서만 몸을 누이는. 블랭크 블랭크. 너의 야윈 등이 보이고 마른 뼈들과 뼈마디의 적막과 그 적막이 내뱉는 힘줄보다 질긴 고백. 블랭크 하치. 실패한 곡선에도 밤은 올까. 너는 단 한번도 똑같은 표정을 지은 적이 없고 나는 너에 대해 말하는 일에 또다시 실패할 것이다. 내가 기록하는 건 이미 사라진 너의 온기. 체온이라는 말에는 어떤 슬픈 온도가 만져진다.

갈색의 책

　나 혹은 너는 나무숲에서 오래된 책 한 권을 발굴했다
　나무숲은 꼭 갈색일 필요는 없다 아주 희미한 갈색의 암
시 정도만
　먼지와 빛의 깊이를 지닌 고고학적인 아름다움이라고 해
두자

　누군가 경건한 얼굴로 문장을 읽어내려갔다
　행간과 행간은 지독히도 넓었고 침묵 또한 꼭 그만큼 벌
어졌다

　정말 가슴 아프게도 들리지 않습니까
　무엇이 말입니까
　소리내서 말할 리 없잖아

꿈에서 깼을 땐 단 하나의 단어밖에 기억나지 않았다

어머니,
흔들리는 것은 내가 아닙니다

내가 기억하는 얼룩과 네가 기억하는 얼룩
흰 것 위에 검은 것, 검은 것 위에 흰 것

벌레 먹은 나뭇잎 구멍 사이로 오후 네시의 햇빛이 스러
지듯이
보도블록 깨진 틈 사이로 모래알들이 쓸려들어가듯이

누구든 좋으니 단 한 사람이라도
나를 아는 사람이 있었으면 좋겠다는 생각

떨어져나간 겉장, 제목도 없는 책
나는 일평생 나라는 책을 읽어내려고 안간힘 썼습니다

갈색의 갈색의 갈색의 책

무슨 말이든지 하세요 그러면 좀 나아질 겁니다
그렇지 않으면 완전히 침묵하는 법을 배우세요

단 하나의 이름

얼어붙은 종이 위에서 나는 기다린다
얼음의 결정으로 떠오르는 기억의 물처럼
발설하지 않은 이름을 대신할 풍경이 몰려올 때까지

월요일에 나는 잃어버린 사람이 되었지
아니 화요일 아니 수요일 아니 목요일 아니 금요일
이미 잃었는데도 다시 잃고야 마는 요일의 순서들처럼
수면양말에 담긴 너의 두 발은 틀린 낱말만 골라 디뎠지

이곳은 너무 어둡고 너무 환하고 텅 빈 채로 가득 차 있다
이 흰색을 이 검은색을 고아라고 부를 수도 있을까

사랑하는 나의 고아에게
오늘의 심장은 어제의 심장이 아니란다
건초더미라는 말은 녹색의 풀이 한 계절을 지나왔다는 말
세계의 끝으로 밀려난 먼지들의 춤도 이와 마찬가지
　소리가 되기 위해 모음이 필요한 자음들처럼 이제 그만
울어도 좋단다

말없는 자매들처럼 돌아누워 나누는 애도의 목례
검은 종이 위에 검은 잉크는 이름 하나를 흘려쓴다

아득히 맴도는 이름: 너를 부를 때마다 고통을 느낀다
흑연의 어조로 닳아가는 이름: 우리는 함께 혼자였다
입속에 숨겨온 이름: 우리는 우리라는 말을 아껴야만 했다

언제나 나는 도착하고 싶었다
도착한 순간조차도 도착하고 싶었다

이대로 얼마나 오래 태양을 바라볼 수 있을까
고개를 돌리면 작고 둥근 흑점으로 번져가는 얼굴
나란히 누워 눈멀던 날들의 빛은 어디로 사라졌나

세계의 끝은 얼음으로 뒤덮여 있다
녹고 스미는 것들이 두 눈 가득 차오른다
나는 이상하고 푸르스름하게 살아 있다

들판의 홀리

그해 여름 들판엔 홀리가 가득했다. 어둠속에 놓여 있
던 홀리. 작고 네모난 것에 담겨 있던 홀리. 모두가 작고 네
모난 것을 상자라고 불렀기에 나도 그것을 상자라고 불렀
다. 눈에 띄지 말라고 사라지지 말라고. 털실 같은 머리 털
실 같은 얼굴 털실 같은 홀리. 불안의 입말 속을 구르다 상
자는 찢어졌다. 덧나기 쉬운 상처처럼 상자는 찢어졌다. 찢
어진 상자를 옆구리에 끼고 나는 걸었다. 강과 숲과 들판을
지나 홀리를 찾아 하염없이 걸었다. 울다보면 날은 저물고
걷다보면 세계의 끝. 세계의 끝엔 희고 웃고 머리에 꽃을 꽂
은 소년. 그곳엔 홀리가 많이 있었다. 홀리 속의 홀리를 어
떻게 알아볼까. 소년은 희고 웃고 머리에 환한 꽃. 먼 데를
가리키며 희고 웃고 머리에 환한 꽃. 나의 홀리는 작고 둥글
고 쓰다듬으면 바스러지는 양떼들의 빛. 소년의 홀리는 끝
없는 들판의 끝없는 나무. 나는 뿌리가 무수한 나무를 그리
지. 튼튼하라고 넘어지지 말라고. 그러나 무수한 뿌리는 나
의 불안과 망상으로 판명된다. 홀리가 물결처럼 차오를 때
내 손의 마디들은 누가 만져줄까. 소년에겐 있는 홀리. 내게
는 없는 홀리. 혼자서만 몰래 간직하려고 손바닥에 작은 점

을 그려두었던 홀리. 애초에 나만의 홀리가 아니었을지도 모를 홀리. 어둠이 내릴 때 너의 검은 눈은 얼마나 아름답게 빛나는지. 막간의 어둠에 기대어 웃던 홀리. 홀라춤을 추며 웃던 홀리. 손이 두 개인 것은 자신이 내민 손과 악수하기 위해서지. 나는 홀리를 땅에 묻고 뿌리를 그려주었다. 기억에 달라붙어 지워지지 말라고 잊혀지지 말라고. 홀리는 내 것이 아닌 얼굴로 여전히 홀리. 희고 웃고 환한 빛으로 번져가며 홀리. 그해 여름 들판엔 홀리가 가득했다.

자니마와 모리씨

　지구는 과연 둥글까 자니마와 모리씨. 자니마의 두 손엔 매순간 낡아가는 지도와 철 지난 포도씨유. 말린 꽃을 들고 모리씨는 묵묵히 걸었다. 먼지바람을 헤치고 망각의 산등성이를 넘어. 머물고 걷다보면 이대로 잠들어도 좋겠다고 생각했다.

　만족을 모르는 입술처럼 내게 황홀경은 넘칠 때조차도 부족했지. 해는 지고 동쪽으로는 기억의 전시실. 진열의 목록은 헝겊인형의 없는 눈과 싹이 난 감자. 연금술을 익히기도 전에 늙어버린 신비주의자의 손은 떨리고 붉고 투명한 유리잔 위로 달이 떠오른다.

　실패의 기록부와 미완의 노래들은 아름다워라. 전시물에 손대지 마시오 전시실 푯말. 이제 그만 어둠의 밀실은 봉해버리는 게 좋겠어. 나는 언제나 틀린 말을 하네 틀린 말을 하네. 나는 언제나 틀린 글을 쓰네 틀린 글을 쓰네.

　계절은 눈이 멀고 담벼락엔 구의 꽃. 어째서 구역을 알리는 꽃들이 필요한 걸까. 마을과 마을을 지나 마음과 마음을 지나. 돌아오기 위해 떠나는 자니마와 모리씨. 양손엔 어둠과 설탕 알알이 흩어지는 기억의 모래알. 지구는 과연 둥글까. 우리는 과연 우리가 생각하는 우리가 맞을까. 형겊인 형의 심장 위로 문득 울리는 타자기의 차임벨. 걷고 물었고 과거를 묻지 않을 수 없었다.

곤충 소년이 전진한다

이윽고 검은 밤이 검은 밤을 물들였다
우리는 이불을 뒤집어쓰고 동굴을 만들었지
기포 수포 열 손가락이 나란히 떠오르고
서로의 숨겨둔 그림자를 더듬더듬 그려나갔다

자 봐, 이제 우린 완벽히 하나야 하나
그러니까 그렇다면 이제야말로 단도직입적으로 말할 차례

나는 수줍어서 얼굴을 붉힌 게 아니었다
어찌할 바를 몰라서 어찌할 바를 몰라서

반복된다 반복된다 앵무의 목소리

율격 없이 절연되어
율격 없이 절연된 채로

그 오랜 세월 나를 다그쳤던 건 무엇이었을까
교정 수정 붉은 색연필 무수한 받아쓰기 시험

아끼던 종이 위에서 지우개 가루는 매일매일 울었지

곤충 소년의 눈은 투명한 입방체
온 세상이 마름모 눈금으로 보인다고 하지요
모서리와 모서리가 심장을 찔러댄다고 하지요

정말 그럴까
누가 그걸 알겠어
곤충 소년만이 곤충 소년만을

수포로 돌아간 일에 대해
포대자루에 담긴 희미한 비애
중독 난독 비스듬한 자세들
너의 말없음은 종종 오해받곤 했다

텔레비전을 켜둔 채로 잠들어
마펑파 마펑파 홀로 울면서 깨어나는 아침

의심 없는 대답 뒤에 오는 의심 없는 질문
과연 자발적인 한 걸음을 내디딜 수 있을까

격이 없이 격의 없이 약간의 양념만 있다면
어떤 단어 어떤 문장으로도 종이를 채울 수 있습니다

반복된다 반복된다 앵무의 목소리

그러니까 그럼에도 불구하고
나는 평생 그 검은 밤의 물그릇을 찾아헤맨 거예요
우리들의 동전은 어디서든 빛날 거라 믿었거든요

초점 흐리고 초침 흐른다
누구를 탓하고 싶은 마음은 없어요
내 속의 목소리들을 그저 바라볼 뿐
더듬이 더듬이 쓸쓸히 씩씩하게

오글오글 앵무의 붉은 깃털은 정말 무섭다

처음의 들판

발 달린 것들의 질주가 어제의 들판을 가득 메운다
이상하고 빠르게 이상하고 기쁘게
오늘의 검은 무늬를 한없이 길게 밀고 나가며

나를 달리게 하는 것은
들판이 아니라 들판에 대한 상상

들판은 들판 너머에 있었다
언제나 거의 언제나 처음처럼
들판 너머 들판 들판 너머 들판

한 발자국 앞의 한 발자국이 흐려질 때
뒤이어 내디딘 또다른 한 발자국이 묻는다

죽은 친구들은 모두 어디에 있을까
나의 없는 꼬리는 어느 하늘을 향해 날고 있을까
어제의 나를 잊고 새사람이 된다는 건 무슨 뜻일까

풍경은 뒤로 밀려나기 위해 끝없이 펼쳐진다
사라지기 위해 죽어가기 위해 다시 태어나기 위해

지평선 너머 진혼곡 너머
우편마차 너머 구름다리 너머

기억을 더듬는다는 것은
앞으로 간다는 말일까 뒤로 간다는 말일까

금이 가기 시작한 유리창의 균열 너머
밤하늘을 비행하는 흰 철새들의 행렬 너머
마지막인 줄 몰랐던 너의 마지막 노래를 넘어

잊고 있었던 가슴 아픈 일이 생각날 때

녹색 풀들의 녹색 흔들림 너머
홀로 살아가는 짐승의 홀로 우는 울음 너머

이상하고 빠르게 이상하고 기쁘게

한 걸음 위에 한 걸음 한 걸음 너머 한 걸음

되돌릴 수 없는 감정이 처음의 들판을 달린다

발 없는 새

청춘은 다 고아지. 새벽이슬을 맞고 허공에 얼굴을 묻을 때 바람은 아직도 도착하지 않았지. 이제 우리 어디로 갈까. 이제 우리 무엇을 할까. 어디든 어디든 무엇이든 무엇이든. 청춘은 다 고아지. 도착하지 않은 바람처럼 떠돌아다니지. 나는 발 없는 새. 불꽃 같은 삶은 내게 어울리지 않아. 옷깃에서 떨어진 단추들은 다 어디로 사라졌나. 난 사라진 단춧구멍 같은 너를 생각하지. 작은 구멍으로만 들락날락거리는 바람처럼 네게로 갔다 내게로 돌아오지. 우리는 한없이 둥글고 한없이 부풀고 걸핏하면 울음을 터뜨리려고 해. 질감 없이 부피 없이 자꾸만 날아오르려고 하지. 구체성이 결여된 삶에도 사각의 모퉁이는 허용될까. 나는 기대어 쉴 만한 곳이 필요해. 각진 곳이 필요해. 널브러진 채로 몸을 접을 만한 작은 공간이 필요해. 나무로 만든 작은 관이라면 더 좋겠지. 나는 거기 누워 꿈 같은 잠을 잘 거야. 잠 같은 꿈을 꿀 거야. 눈을 감았다 뜨는 사이 내가 어디로 흘러와 있는지 볼 거야. 누구든 한번은 태어나고 한번은 죽지. 한번 태어났음에도 또다시 태어나고 싶어하는 사람들. 한번 죽었는데도 또다시 죽으려는 사람들. 제대로 태어나지도 제

94

대로 죽지도 못하는 사람들. 청춘은 다 고아지. 미로의 길을 헤매는 열망처럼 나아갔다 되돌아오지. 입말 속을 구르는 불안처럼 무한증식하지. 나의 검은 펜은 오늘도 꿈속의 단어들을 받아적지. 떠오를 수 있을 데까지 떠올랐던 높이를 기록하지. 나의 두 발은 어디로 사라졌나. 짐작할 수 없는 침묵 속에 숨겨두었나. 짐작할 수 없는 온도 속에 묻어두었나. 짐작할 수 없는 온도는 짐작할 수 없는 높이를 수반하지. 높이는 종종 깊이라는 말로 오인되지. 다다르지 못한 온도를 노래할 수 있는가. 다다르지 못한 온도를 아낄 수 있는가. 우리의 대답은 언제나 질문으로 시작해서 질문으로 끝나지. 청춘은 다 고아지. 헛된 비유의 문장들을 이마에 새기지. 어디에도 소용없는 문장들이 쌓여만 가지. 위안 없는 사물들의 이름으로 시간을 견뎌내지.

불면의 라이라

식도를 지나 위 십이지장을 지나
너의 상한 표면 분홍색 흔들리는 열병을 지나
불면의 밤 위로 덮이는 망각의 액체를

디옥타헤드랄 스멕타이트
파라옥시안식향메칠
파라옥시안식향프로필

내 불면엔 이유가 있다
너무 오래 뜬눈으로 잠들어 있었다

너무 오래 침대 위에서
너무 오래 백지 위에서

우주를 유영하는 잿빛 맨드라미처럼
부채꼴 모양으로 팔다리를 휘저으며

추위를 만진 적이 있는 두 손으로

너무 오래 입을 틀어막고서

흡착성 기밀용기
실온보관 변질우려

지금 다시 무언가 입 밖으로
소리 아닌 소리 하나가 이제 막 나오려는 순간
오른쪽 손 혹은 왼쪽 손이 또다시

라이라는 내 침대 위에서
내 침대의 전등갓 위에서

나폴나폴 치마도 입지 않았는데
나를 조용히 내려다보며 나폴나폴

충분한 밤이다 충분하지 못한 밤이다
이제 곧 새벽이 온다 올 것이다

너는 빛바랜 사자인형일 뿐이잖니
그림자도 없는 나무인형일 뿐이잖니

날 때부터 닫혀 있는 작은 입으로
어딘가 멀리 열려 있는 두 눈으로

충분한 밤이다 충분하지 못한 밤이다
이제 곧 새벽이 온다 올 것이다

딸기향을 지닌 분홍색의 현탁제
분홍색을 지닌 딸기향의 현탁제

끝없이 늘어나는 장방형의 모서리들
숨겨온 문장들이 세모꼴로 접히고 있다

초현실의 책받침

선홍색의 융
융의 양탄자
핏빛 위의 핏빛

너의 눈 속 터널을 상상하라 눈을 감고 너의 눈 속 터널을
눈을 감고 너의 미간 속을 지나는 둥글고 긴 터널을 상상
하라

선홍색의 잔디
잔디 위의 어머니
어머니 위의 어머니

심장과 혈관 속을 돌아나가는 흰 빛을 따라가라
너의 몸속에서 흐르는 길고 둥근 길을 따라가라

선홍색의 양탄자
핏빛 위의 핏빛
양탄자 위의 어머니

오른쪽으로 돌아가시오 왼쪽으로 돌아가시오
당신이 지금껏 보아왔던 무수한 화살표들 대신
당신 속에서 돌아나가길 반복하는 흰 빛에게
너의 음성을 들려줘라 너의 음성을 들어라

핏빛 위의 핏빛
양탄자 위의 어머니

이제는 없는 당신의 부위를 상상하라
눈을 감으면 흰 빛은 무한한 속도로 확장된다
달려나가는 감각 그대로 밤이 가고 낮이 오는 것을 바라
보라

오래된 망상과 두려움
떠오르는 검은 물의 진동

뜨거운 고백이 마음을 차갑게 데울 때쯤이면

긴 터널의 흰 빛에게 진창의 어둠도 괜찮다고 인사하라

선홍색의 어둠
어둠의 기차역
첨탑 위의 첨탑

사람은 결국 꽃을 본다
세상의 모든 잠언은 타인의 입에서 나온 말이다
그림자여, 나는 지금 사이시옷처럼 잘 지내고 있다

유리코

유리코 당신은 순한 원숭이 같은 눈빛으로
홍당무 세 개 달걀 두 개 매운 양파 양파들
가진 것 없는 사람 같은 낡은 앞치마를 목에 걸었지

유리코 그건 버려
유리코 그건 비극이고 그건 싸구려야

유리코는 여전히 순한 원숭이 같은 눈빛으로
홍당무 세 개 달걀 두 개 매운 양파 양파들

나는 눈물이 날 것만 같아서 더 더 소리치고
그런 날 밤이면 홀로 운동장을 달렸지

유리코 당신이 좋아하는 꽃은 옛날의 금잔화
당신이 좋아하는 노래는 산등성이의 푸른 빛

어둠은 당신의 가슴에서 풀어져나오고
당신은 가난한 사람들의 신발처럼 희미해져만 가는데

나는 지금도 산수를 잘 못하고
내가 나밖에 될 수 없어 괴롭고

왜 사람들은 부끄러우면 두 손으로 얼굴을 가릴까
마치 그것이 마음이라도 되는 것처럼

유리코 나는 여전히 궁금한 것이 많고
읽고 읽어 무슨 내용인지 알 수 없게 된 책을 펼쳐
트랄랄랄라 트랄랄랄라 죽음의 후렴구를 흥얼거리고

당신은 오늘도 순한 원숭이 같은 눈빛으로
괜찮다 괜찮다 내 등을 두드리지

아마도 아프리카

코끼리 사자 기린 얼룩말 호랑이
멀리 있는 것들의 이름을 마음속으로 부를 때
나는 슬픈가 나는 위안이 필요한가
아마도 아프리카 아마도 아주 조금

호랑이, 그것은 나만의 것
따뜻하고 보드랍고 발톱이 없는 것

살고 있나요 묻는다면 아마도 아프리카
아마도 나는 아주 조금 살고 있어요

내 머릿속은
반은 쑥색이고 반은 곤색이다
쑥색과 곤색의 접합점은 성홍열 같은 선홍색

열두살 이후로 농담이 입에 배었다
옷에도 머리카락에도 손톱 끝에도
주황색 양파자루 속엔 어제의 열매들

양파가 익어가는 속도로 너는 울었지

눈을 감아도 선홍색이 보이면
다시 코끼리 사자 기린 얼룩말 호랑이
너무나 멀리 있지만 아마도 이미 아프리카
나는 하룻밤 사이에도 많은 곳을 돌아다닌다

피로와 파도와

피로와 파도와 피로와 파도와
물결과 물결과 물결과 물결과

바다를 향해 열리는 창문이 있다라고 쓴다
백지를 낭비하는 사람의 연약한 감정이 밀려온다

피로와 파도와 피로와 파도와
물결과 물결과 물결과 물결과

한적한 한담의 한담 없는 밀물 속에
오늘의 밀물과 밀물과 밀물이
어제의 밀물과 밀물과 밀물로 번져갈 때

물고기들은 목적 없이 잠들어 있다
물결을 신은 여행자가 되고 싶었다

스치듯 지나간 것들이 있다라고 쓴다
눈물과 허기와 졸음과 거울과 종이와 경탄과

그리움과 정적과 울음과 온기와 구름과 침묵 가까이

소리내 말하지 못한 문장을 공책에 백 번 적는다
씌어진 문장이 쓰려던 문장인지는 분명하지 않다

피로와 파도와 피로와 파도와
물결과 물결과 물결과 물결과

고백을 하고 만다린 주스

고백을 하고 만다린 주스
달콤 달콤 부풀어오른다
달콤 달콤 차고 넘친다

액체에게 마음이 있다면 무슨 말을 할까
당신은 당신을 닮은 액체를 가지고 있나요
당신은 당신을 닮은 액체에게 무슨 말을 하나요

고백을 하고 돌아서서 만다린 주스
고백을 들은 너는 허리를 숙여 구두끈을 고쳐맨다
고백과 함께 작별이 시작되는 경우는 얼마나 될까요

액화되었습니다
액화되었습니다

나는 만다린 주스를 응원하고
만다린 주스는 나를 응원하지만

만다린 주스는 울적하게 달콤 달콤
울적 울적하게 줄어들며 달콤 달콤

가만히 오른손을 가슴에 얹고
어제의 고백으로부터 달아나고 싶은 심정

우리에겐 식탁과 의자와 바닥과 불안과
어제보다 조금 더 묽거나 조금 덜 묽은 액체가 있었다

고백을 하고 만다린 주스
달콤 달콤 다시 부풀어오른다
달콤 달콤 다시 차고 넘칠 때까지

알파카 마음이 흐를 때

기분 나무는 구름의 영토 서쪽 끝에 도열해 있었다
그늘 밑에는 알파카 나의 알파카가

어느새 우리는 구름의 영토 끝까지 날아왔구나

무구한 검은 동공이 소용돌이치며
연관 없는 어휘들의 밤 위로 날아오를 때

너는 어리지 않다
너는 늙지 않았다
너는 아직 늙지 않았다

꼭짓점과 모서리들이 멀어진다
나는 몇개의 점과 선과 면을 간단히 밀어낸다

발밑에는 줄지어 누워 있는 녹색의 풀
구름의 무덤 곁에선 녹색의 목소리가

나는 이 생을 두 번 살지 않을 거야
완전히 살고 단번에 죽을 거야

알파카 나의 알파카
아름다운 얼굴이 그 여린 솜털이
부드러운 바람에 조용히 흩날릴 때

나는 지구의 회전을 믿지 않는다
나는 나의 여백을 믿는다

나무의 수맥을 따라 흐르는 물결 너머
테두리를 잊은 마음이 밀려온다

완고한 완두콩

여기가 아닌 다른 곳에
감자와 샐러드 완두와 완두콩

당신은 감자 샐러드를 먹는다
완두콩만 골라내면서

완두는 싫다 싫어요
완두는 완두 완두하고 울기 때문에

당신은 완고하다 당신은 완고한 완두콩

나는 감자 샐러드를 먹는다
당신이 골라낸 완두콩만 골라서

완두는 완고하지 않아요
완고한 것은 여기가 아닌 다른 곳에
완고 완고하게 우는 당신의 마음속에

당신은 마지막 완두콩을 골라낸다
완두 완두하고 우는 완두콩을 골라낸다

당신은 완고해 완고 완고해
완두 완두하고 우는 완두보다 더 완고해

접시는 비어간다 여기가 아닌 다른 곳에
완두 완두하고 우는 완두콩들이 실종된다

여기가 아닌 다른 곳의 완두콩들이 실종될 때
어쩌면 우리도 여기가 아닌 다른 곳으로

당신은 샐러드 속의 없는 완두콩을 생각한다
완두 완두하고 우는 완두콩을 생각한다

어째서 완두 완두하고 운다고 생각하나요
완고한 것은 여기가 아닌 다른 곳에
완고 완고하게 우는 당신의 마음속에

우리 이제 완두 얘기는 그만하기로 하지
오늘밤 접시는 누가 닦을 건지나 정하자구

완고한 완두콩에게 닦으라고 하는 건 어때요
완두 완두하고 우는 완고한 완두콩에게

당신은 입을 다문다 완고한 완두콩이 된다

완두와 완두콩 여기가 아닌 다른 곳에
접시는 접시 접시하고 운다고 믿는 누군가가 있다

녹색 감정 식물

식물이 말라죽기도 하는 밤이었다
수풀은 슬픔을 잠식한다
습기는 습기로 피어오른다
많은 것들이 죽어 있었다
나는 그것을 거의 볼 수 있었다
어두운 식물이 자라나고 있었다
말하지 못하는 말이 있었다
새의 깃털은 물감을 뿌린 것처럼 선명했다
넝쿨과 넝쿨이 안간힘을 다해 서로의 손을 붙잡고 있었다
가느다란 실 같은 마음이 서로를 잇고 있었다
실을 토하는 벌레의 등을 누르자 녹색의 즙이 흘러나왔다
어떤 죽음은 사소하게 잊혀져갔다
가위로 오려 만든 종이인형의 그림자
배경이었던 것들이 백지 위에서 불쑥 일어서곤 했다
어두운 수풀의 어두운 새의 어두운 깃털이
누군가의 얼굴이 뭉개지고 있었다
녹색 식물의 입이 흔들리고 있었다
녹색의 감정이 흘러내리고 있었다

흘러내릴 수 있다면 날아오를 수도 있겠지
날아오를 수 있다면 사라질 수도 있겠지
물과 얼음
물과 수증기
액체의 부피는 변하지 않는다
영혼의 질량은 줄어들지 않는다
잘못 내디딘 한 발자국은 이미 길을 잃었다는 말이다
이제는 그만 길을 잃어버리고 싶었다
수풀 아래 묻혀 있던 잊혀진 기차 레일
남색의 곤색의 녹색의 꽃이 줄지어 걸어가고 있었다
빛의 회절 속에서 진동하는 녹색
녹색 광선이 너의 얼굴을 조각내고 있었다
눈은 떼어 여치에게로
입은 떼어 앵무에게로
귀는 떼어 귀뚜라미에게로
코는 떼어 조약돌에게로
분별 없는 심장이 그것의 감정을 녹색으로 물들였다
내게서 가장 멀리 있는 것은 바로 나 자신이다

수풀은 그리 멀지 않은 곳에 있었다
계단은 아래로 향하는 무수한 선분을 가지고 있었다
무언가 죽어가면서 태어나고 있었다
무언가 지워지면서 되살아나고 있었다

녹색 정원 금발령

녹색 정원 금발령이 꿈에 나타나
자신의 감정은 뒤뜰에 묻혀 있다고 말했다

무무 ─ 무무 ─ 무무 ─ 무무

들판은 비어 있다고 쓰고 싶었다
비어 있다고, 녹색으로 잿빛으로 비어 있다고

무무 ─ 무무 ─ 무무 ─ 무무

금발령은 녹색 정원에 우뚝 서서
금발령의 자세로 금발령의 신념으로
다가오라는 듯 다가오지 말라는 듯

무무 ─ 무무 ─ 무무 ─ 무무

나는 녹색 정원에 기억이라는 표지를 세웠다
여기서부터 여기까지, 백묵으로 금을 그었다

무무 — 무무 — 무무 — 무무

금발령이 사라지기 전 녹색 정원은
끝없이 반복되는 녹색 후렴구에 둘러싸여
둥글게 부풀어오르는 청보리의 리듬으로

무무 — 무무 — 무무 — 무무

금발의 명령인가 금발의 망령인가
(나는 금발의 영혼이에요)

나는 지금 이 문장들을 공기의 그물코로 짜고 있다
공기와 함께, 모종의 후회와 부끄러움과 그리움을 가지고

무무 — 무무 — 무무 — 무무

비밀의 삽으로 비밀의 삽으로

어제의 어제의 나무를 두 번 두드리자
돌려줄 곳 없는 녹색 감정이 세로로 흘러내렸다

무무 — 무무 — 무무 — 무무

연약한 마음의 구름 바소바
바람이 두 겹으로 지나는 잿빛 이파리

차마 소리내 말하지 못하고 노트에 적었던 문장
(이 문장들이 나를 어디로 데려다줄까요)

무무 — 무무 — 무무 — 무무

녹색 정원으로 녹색 정원 금발령으로
내 부끄러움을 알아차린 게 너여서 좋았다
너여서 더 부끄러웠다 부끄러웠다 부끄러웠다

마른 나뭇가지를 흔들며 무무 무무

녹색으로 잿빛으로, 다가오라는 듯 다가오지 말라는 듯
녹색 정원이 사라지는 사이 나는 훌쩍 금발이 되어버렸다

곱사등이의 둥근 뼈

나무의 피를 가진 사람아
나무의 피를 가진 사람아

물음을 울음으로 발음하는 밤이 있었다. 내 몸에서 둥글고 딱딱한 것이 자라나는 것을 느꼈지. 나는 구부렸어. 점점 더 구부렸어. 이러다 둥글고 흰 공이 되겠구나. 나는 벌을 받고 있는 거구나. 그럴 만도 하지. 나는 나 자신을 짐짝처럼 끌고 다녔으니까.

몇개의 트렁크
몇개의 회피
몇개의 거짓말

내가 끌고 온 긴 얼룩들이 어쩌지 못하는 사물의 눈빛으로 나를 바라보고 있었다. 구부리다 나아가고 구부리다 나아가는 벌레들처럼. 마른 나뭇가지가 자라나는 몸. 가지 끝이 갈라지는 걸 보고 있었어. 그것은 녹색. 녹색이라고 부를 수밖에 없는 것이었지. 내가 잡은 난간은 매번 녹슬어 있었으니까. 나의 것이 아니길 바랐던 녹슨 뼈들이.

　녹물이 묻은 손을 가진 사람아
　녹물이 묻은 손을 가진 사람아

　오물이 되고자 하기에는 너무 늦었다. 나는 이미 오물인
것을.

　물음을 울음이라고 발음하는 사람아
　울음을 물음이라고 발음하는 사람아

　나의 머리는 점점 더 내 심장 쪽으로 기울어진다. 심장 소
리를 더 잘 들을 수 있는 위치로. 우리는 너무 가까워졌다.
죽이고 싶을 만큼 가까워졌어. 반성해야 할 것이 있다면 반
성할 것이 남아 있다고 생각하는 바로 그것.

　벌레 같은 사람아
　벌레 같은 사람아

숨기고 싶은 것은 드러내고, 드러내고 싶은 것은 부끄러움 없이. 이제는 너의 노래를 들어보아라. 네 몸속에 새겨진 숫자의 색깔을 읽어보아라. 이미 춤추는 소리를 만들어내는 심장을 가지고 있으면서도. 너는 왜. 너는 왜 무엇 때문에.

둥글고 흰 공은 울었습니다
둥글고 흰 공은 참았던 울음을 내뱉었습니다

얼굴을 파묻고 우는 나뭇가지야
부러지고 다시 돋는 나뭇가지야

너의 영혼은 찌르고, 너의 영혼은 한없이 너를 찌르고. 마른 나뭇가지가 돋아나고 있었다. 나는 그것을 보고 있었다. 너도 그것을 보고 있었다. 시들기 직전의 음들이 너의 둥근 뼈를 두드리고 있었다. 죽은 나무 가지 위에 작고 둥근 공 하나가 갈래갈래 열리고 있었다.

둥글게 구부러진 꽃 같은 사람아
둥글게 구부러진 꽃 같은 사람아

너의 등이 구부러져 점점 구부려져
작고 투명한 흰 공이 될 때

피어라 피어라 꽃 피어라

나무의 피는 조금 울고
어쩐지 자라나던 그것이 문득 작아진 것 같았습니다.

나무 구름 바람

그곳은 멀지 않았다. 한낮인데도 별자리의 그림자가 수
풀 여기저기를 검게 물들였다. 나무그늘은 그저 움직일 뿐
이었다. 바람을 따라 흐르듯이, 구름을 따라 번지듯이.

굴러가는 것, 기어가는 것,
엎드려 있는 것, 절룩이는 것,
헤매는 것들의 세계가 돌연 보였습니다.

그리 멀지 않은 곳에, 심장의 흑점 한켠에.

고요 속에서 작은 것들이 말하고 있었습니다.

너의 시간과 나의 시간은 다르다.
너의 색깔과 나의 색깔은 다르다.

환청과 색맹의 날들이 소리없이 흐를 때

녹색의 입구

끝없는 녹색의 입구

녹색의 내부의 내부의 내부가
녹색의 내부의 내부의 내부의 외부가
내부의 외부의 내부의 외부의 내부가 열리기 시작했습니다.

머리카락이 자라나듯이, 너의 암흑이, 너의 검정이, 너의 하양이, 흑백의 밝고도 어두운 광선이. 흑백은 깨어 있지 않았다. 흑백은 누구도 깨우지 않는다. 흑백은 그저 간신히 그 자신만을 깨울 수 있을 뿐이다.

물결은 어디에서 어디로 흘러가는 걸까. 물결은 무한증식하는 액체의 메아리. 땅끝으로 밀려와서 하얗게 토해진 백지의 울음.

아무것도 조직하지 않을 것이며 아무것도 통제하지 않으리라. 매순간 모양을 바꾸는 구름이 말했습니다. 바람은 조언하거나 참견하지 않는다. 바람은 아무것도 돕지 않는다. 의지 없이, 의식 없이, 그 모든 것들을 돕는다. 여기에서 저기로 꽃가루들이 날린다. 검은 비닐봉지가 날아간다.

나의 바람은 나무가 되는 것이었다.

세계는 물결치고 있었다.
어떤 마음이 어떤 마음에게로 흘러가고 있었다. 물결은 춤추는 자에게는 흔들리고, 분노하는 자에게는 흩어진다. 감정이 들끓는 것은 나무 밖의 일이다. 사건은 언제나 나무 밖에서 일어나고 있었다. 나무는 나무로만 서 있었다.

그늘이 짙어진다, 들판이 넓어진다.

마음이 넓어진 것 같다고 어제의 너는 말했습니다.

구름의 바람은 나무가 되는 것이었다. 나무의 바람은 구름이 되는 것이었다. 바람의 바람은 바람이 되는 것이었다.

나무의 구름이 바람이듯이. 바람의 나무가 구름이듯이. 세계는 너의 마음속에서 작고 넓다. 녹색 그늘 아래에서는 더 작고 더 넓다.

　　나무의 구름은 바람 곁에서,
　　바람의 나무는 구름 아래에서,
　　구름의 바람이 나무를 스쳐지나간다.

고아의 말

이 슬픔을 따라가면 고아의 해변

늙고 병들고 지친 마음이 내 얼굴을 오히려 더 젊어 보이게 합니다 어둠속에서 써내려간 글자들을 읽으려고 종이 위에 두 손을 올려놓고 종이의 질감을 만져보았습니다

종이는 울고 있었습니다
심장은 손가락과 연결되어 있었습니다

삼각형 사각형 오각형 아름다운 도형들이 마음을 어루만진다 뾰족한 것들이 나를 위무한다 삼각형의 넓이를 구하는 공식이 사각형의 넓이를 구하는 공식보다 더 아름답게 느껴지는 이유는 무엇입니까

반으로 나눠지는 것
반의 반으로 나눠지는 것
반의 반의 반으로 나눠지는 것

결국 어미 없이 혼자 서 있는 말
고아의 해변에서 고아의 말을 내뱉으며
혼자 울면서, 울면서 혼자 달려가는 말

나에게 나를 보여주지 마세요
거울과 거울과 거울 속에서
무엇을 바라봐야 할지 몰라 나는 달렸습니다

먹이를 손수 구하고
담요와 네, 담요와
따뜻한 담요와 네, 따뜻한 담요와

그 많은 손 중에서 어미의 손이 내게로 다가오기를
내 손이 어미의 손에게로 가닿기를
소용없는 말이 고아의 해변을 달리고 있었습니다

손을 잃으면 발이 손이 됩니다
발을 잃으면 손이 발이 됩니다

손발을 다 잃으면 손발 없는 것들의 그 깊은 고독에게로

바다는 깊습니다
바다는 깊고 넓습니다

이곳은 혼자 태어나서 혼자 죽어가는 말이 다시 죽어가
는 바다
밀려갔다 밀려오는

다시 태어나는 말이 달립니다
빛나고 아름답게, 빛나고 아름답고 쓸쓸하게
당신은 고아의 말의 그 단단한 등에 앉아 당신의 몸 위에
덧난 것들이 출렁출렁 흔들리는 진동을 듣고 있습니다

당신은 넘실대고
고아의 말과 한 몸으로 넘실대고
바다는, 고아의 해변은, 매순간 다른 리듬으로 밀려갔다
밀려오고

슬픔을 따라가면 슬픔의 끝이 나옵니다
슬픔의 끝을 따라가면 더 깊은 슬픔의 끝으로

달이 점점 줄어들고 있습니다
바다의 물결이 더 큰 진폭으로 울고 있습니다
텅 빈 조개껍데기에서 소리없는 말들이 흘러나옵니다

이 말들을 따라가면 다시 고아의 해변으로

두부

갈색 조끼를 입은 서커스의 소년
하얗고 네모난 두부를 먹는

이리 주세요 그건 내 빗자루예요

돌려주세요 돌려주세요
아무리 해도 돌려주지 않습니다

그건 내 불빛인데
너와 내가 꽃이라 부르던

흩어지고 부서지는 빛
구슬은 열다섯 개
바깥쪽으로만 닳는 운동화 뒤축

돌려주세요 돌려주세요
아무리 해도 돌려주지 않습니다

돌려주세요 돌려주세요

아무리 해도 돌려주었습니다
아무리 해도 돌려주었습니다

이브의 존재론
—이제니의 다정시학(多情詩學)

권혁웅

아담이 에덴동산에 혼자 살았을 때, 하느님이 동물들을 지은 다음 아담이 어떻게 하나 보려고 그에게 데려갔다. 아담이 동물들을 보고 부른 이름이 그대로 동물의 이름이 되었다.(창세기 2장 19절) 아담이 "어, 코끼리네?"라고 말하자 잿빛의 코가 긴 동물이 코끼리가 되었고 "기린이다!"라고 외치자 목이 긴 얼룩무늬 짐승이 기린이 되었다. 아담의 언어는 이름과 대상 사이에 간극을 허락하지 않는 언어, 말과 실체가 일대일대응을 이루는 언어다. 아담의 언어는 대상을 포획하고 지배하는 언어이자 언어 자체가 대상으로 전환되는 물질 그 자체로서의 언어다. 바벨탑 사건 이후에 인간의 언어는 분열되고 인간 역시 산지사방으로 흩어졌다. 이제 이름과 그로써 지칭되는 실체 사이에는 메울 수 없는 심연이 생겼다. 이름은 실체를 온전히 지시하지도, 담아내지도 못한다. 바벨탑 이야기는 분열과 오해, 갈등과 반목의 원천이 이런 이름의 추락과 관련된 것이라고 말한다. 아담의 언어가 동일성의 언어라면 바벨탑의 언어는 이질성의 언어다.

그런데 이 사이에 하나의 언어가 더 있다. 바로 이브의 언어다. 이브는 어떤 일을 했을까? 세계에 역사를 도입했고 생명과 노동을 도입했으며 사랑을 도입했다. 아담이 살았던 에덴동산은 영원한 곳, 다르게 말해서 시간이 정지한 곳이다. 여기서는 이야기도 없고(처음과 끝이 없기 때문이다), 신생도 없으며(인간에게 죽음이 부가된 후에야 인간은 아이를 낳을 수 있었다), 노동도 없다(낙원에서는 땀 흘려 일할 필요가 없었다). 영원성이란 무시간성의 다른 이름이다. 에덴에는 지금 우리의 삶을 이루는 모든 것이 없다. 이브는 추방과 저주의 대상이 됨으로써 이야기의 주인공이 되었고 노동하고 해산하는 고통을 겪었으며 뱀의 유혹을 받아들임으로써 사랑의 트라이앵글을 완성했다. 한마디로 그녀는 지금의 세상을 창조했다. 하느님이 실재하는 세상을 지었고 아담이 상징계(이름들의 세계)를 창조했다면 이브는 거기에 상상이라는 거울(낙원에 대한 기억)을 맞세워놓았다. 추방 이후에야 기억이 작동될 수 있다. 그러니까 세 번의 창조가 있었던 셈이다. 세계의 물적 존립을 가능하게 한 창조가 첫번째라면, 세계의 상징적 질서를 세운 일이 두번째요, 그것과 맞놓인 기억의 세계(그것은 상상과 역사, 놀이와 사랑의 다른 이름이다)를 지은 일이 세번째다. 이브는 세번째 창조의 과업을 수행함으로써 지금 세상의 처음 사람이 되었다.

형이상학의 역사는 바벨탑 이후의 언어가 아담의 언어를 흉내내고 따라잡으려 애써온 역사다. 형이상학은 절대언어에 대한 꿈, 존재자들을 낳은 존재 자체에 대한 꿈을 포기한 적이 없다. 이데아는 에덴의 다른 이름이며 목적인(目的因)은 죽은 신의 별칭이다. 코기토 역시 아담의 언어를 따라잡으려는 안간힘에 지나지 않는다. 사물보다는 이름을 붙이는 정신작용에 우선권을 부여함으로써 이름의 권력을 확립하려는 시도이기 때문이다. 인간은 태초의 순결한 언어, 곧 역사에 의해서 오염되지 않은 언어를 꿈꾸었으나 그런 언어는 에덴에서만 가능하다. 낙원은 닫혔고 천사들이 불칼을 들고 그곳의 입구를 지키고 있다(창세기 3장 24절). 어쩌면 우리는 형이상학이 아니라 무의식의 기억술을 통해서만 그곳에 이를 수 있을 것이다. 그러기 위해서라도 우리는 이브의 언어를 배워야 한다. 마침 이제니의 첫시집이 우리에게 도착했다. 이 경쾌하고 다정하고 멋진 신인의 시가 소개하는 새로운 존재론에 귀를 기울여보자.

1. 먼저 그것은 형용사와 부사의 존재론이다. 본래 형이

상학은 명명, 곧 명사화를 통해서만 존재를 가리킬 수 있다. 이런 식이다. 아무것도 없음을 '무'라 하고 뭐라도 있음을 '존재'라 한다. 주사(主辭) 자리에 앉는 것도 명사요 빈사(賓辭) 자리에 놓이는 것도 명사다. 심지어 그 둘을 잇는 가상의 연쇄마저도 명사화된다. "나는 학생이다"를 우리는 이렇게 고쳐쓸 수 있다. "나는 학생과 포함관계에 있다(= '있음'이다)" 형용사와 부사는 이 명사들의 부가물(형용사의 경우)이나 부가물의 부가물(부사의 경우. 동사는 명사의 부가물이다)로서만 존재할 뿐이다. 형용사와 부사는 존재론적인 위상을 갖지 못한다. 그것은 모든 존재자들을 한데 넣고 뒤섞어 하나의 존재만을 추출하려는 명사의 횡포이자, 존재자들의 수족을 끊어 서로가 구별되지 않는 커다란 몸통으로 마름질하려는 존재론적 대패질이다. 이제니는 그와 정반대 자리에서 시작한다.

　　고백을 하고 만다린 주스
　　달콤 달콤 부풀어오른다
　　달콤 달콤 차고 넘친다

　　액체에게 마음이 있다면 무슨 말을 할까
　　당신은 당신을 닮은 액체를 가지고 있나요
　　당신은 당신을 닮은 액체에게 무슨 말을 하나요

고백을 하고 돌아서서 만다린 주스
고백을 들은 너는 허리를 숙여 구두끈을 고쳐맨다
고백과 함께 작별이 시작되는 경우는 얼마나 될까요

액화되었습니다
액화되었습니다

나는 만다린 주스를 응원하고
만다린 주스는 나를 응원하지만

만다린 주스는 울적하게 달콤 달콤
울적 울적하게 줄어들며 달콤 달콤

가만히 오른손을 가슴에 얹고
어제의 고백으로부터 달아나고 싶은 심정
(⋯)
고백을 하고 만다린 주스
달콤 달콤 다시 부풀어오른다
달콤 달콤 다시 차고 넘칠 때까지

　　　　　　　　　　　　—「고백을 하고 만다린 주스」 부분

1연 첫 행을 '고백을 하고 만다린 주스를 마셨다'로 읽을 수 있을 것이다. 나는 당신에게 사랑을 고백한 후에 주스를 마신다. 긴장과 설렘 때문에 주스는 "달콤 달콤 부풀어오른다." 만다린 주스가 내 심정을 대신한다고 말하는 것으로는 부족하다. 주스는 내 심정 자체. 당신은 모르겠지만 적어도 나는 내 심정을 대신하는 액체를 가지고 있다.(2연) 그런데 "고백을 들은 너는" "구두끈을 고쳐맨다." 내 고백은 외면당했다. 결국 나는 만다린 주스가 되어버렸다. "액화되었습니다."(4연) 나와 만다린 주스는 서로를 응원했지만 우리는 울적해졌을 뿐이다.(5,6연) 4연을 염두에 두면 마지막 연 첫 행을 '고백을 하고 만다린 주스가 되었다'로 읽게 될 것이다. 주스는 "달콤 달콤"하게 부풀어오르기도 하고 "울적 울적하게 줄어들"기도 한다. 그 두 가지 감정이, 어제의 고백과 오늘의 고백이 모두 저 "달콤 달콤"에 들었다.

그렇다면 내가 만다린 주스가 되는 것은 둘이 먹고 먹히는 관계여서가 아니다. 나는 만다린 주스가 존재하는 바로 그 상태로 고백을 하거나("달콤 달콤") 외면당했으며("울적하게 달콤 달콤") 그래서 액화되었다. 이것은 명사들의 연계(나=주스)가 아니다. 심정은 상태여서 둘은 형용사 혹은 부사로 연계된다. 달콤과 울적을 모두 품은 "달콤 달콤"으로.

요롱이는 말한다. 나는 정말 요롱이가 되고 싶어요. 요롱요롱한 어투로 요롱요롱하게. 단 한번도 내리지 않은 비처럼 비가 내린다. 눈이 내린다고 써도 무방하다. 요롱이는 검은색과 검은색의 차이에 대해 이야기한다. 끊임없이 끊임없이 계속해서 계속해서. 마침표를 잃어버린 슬픔, 양팔을 껴야만 하는 외로움.

(……)

나는 정말 요롱이가 되고 싶어요. 요롱요롱한 어투로 요롱요롱하게. 정말 요롱이가 된다면 정말 요롱이가 된 기분이 들 테지. 고딕체의 마음으로, 소수점 이하로 무한 질주하는 원주율의 아름다움으로. 단 한번도 내리지 않은 꽃처럼 신열이 내린다. 어둠이 내린다고 써도 무방하다.

—「요롱이는 말한다」 부분

"요롱"은 명사이면서 형용사와 부사이기도 하지만, 당연히 후자가 우선이다. 요롱이는 요롱요롱하게 말하는 사람을 지칭하기 때문이다. 그렇다면 "요롱요롱하게"는 무엇일까? 사전을 찾는다고 해서 뜻을 찾아낼 수는 없다. 사전에 등재된 말이 아니기 때문이다. 우리는 이 말의 뜻을 어감에서 유추할 수밖에는 없다. 사실 사전은 죽은 말들의 무덤이다. 정식화되고 박제화된, 다시 말해서 명사화된 말들의 모음이 사전이다. 거기에 든 말들은 명명의 대상이 된다는 점에서 명사요 구체적인 쓰임을 잃고 기록물로 화했다는 점에서 사어(死語)다. 사전의 언어는 형이상의 언어이자 바벨탑의 언어다. 우리는 사전의 언어가 실재와의 일치를 꿈꾸지만 결코 그 일치에는 도달할 수 없다는 점을 안다. 그것은 사물과 만나지 못하고 다른 말들을 반사할 뿐이다. 사전의 뜻을 따라가면 반드시 출발점으로 돌아온다. 그곳이 죽음의 세계라는 증거다. 이 악무한에서 나갈 수가 없다. "요롱요롱"은 다르다. 그것은 사전 바깥에서, 구체적인 문맥 속에서 살아 숨쉬는 말이다. 그것은 어감에서 뜻을 짐작할 수밖에 없는 의성-의태어다. 귀엽고 미묘하고 섬세하고 아름다운 어떤 상태나 소리 말이다. 의성-의태어는 사물의 흔적을 희미하게 보존하고 있다는 점에서 아담의 언어와 가장 가까운 말이다(물론 거기에도 자의성은 묻어 있다). 따라서 이런 말이야말로 희미하게나마 낙원의 흔적을 보존하고 있는 말, 아담의 언어는 아니지만 바벨탑의 언어도 아닌 중간자의 말이다. 이를 이브의 언어가 가진 특성이라 말해도 좋을 것이다.

나는 요롱요롱하게 말하고 요롱요롱하게 살고 싶다. 비가 내리는 것을 지금 내리는 바로 그 모습 그대로 묘사하고("단 한번도 내리지 않은 비처럼"), 같다고 말하는 것들의 차이를 분별하고("검은색과 검은색의 차이에 대해"), 끝없는 대화를 계속하고(이 무한에 대해서는 조금 뒤에 상술할 것이다), 혼자 있음의 피로와 외로움도("양팔을 껴야만 하는") 견디겠다. 이것은 다른 말로는 번역되지 않는 존재방식이다. 요롱이는 요롱요롱하게 살 수밖에 없다. "정말 요롱이가 된다면 정말 요롱이가 된 기분이 들 테지." 이 동어반복은 형용사와 부사의 존재론이 갖는 유일무이성을 정확히 지시해준다. 명사들이 지워버린 개별자들의 삶 말이다.

　　모퉁이는 돌거나 그냥 지나칠 수 있다 오늘도 모퉁이
　는 당신에게 사라지거나 나타날 것을 종용한다 모퉁이는
　지나치고 모퉁이는 냉정하고 모퉁이는 어둡고 모퉁이는
　발생 가능한 사건의 형태로 존재한다
　　　　　　　　　　　　　　　　　　—「모퉁이를 돌다」부분

모퉁이가 모퉁이가 된 것도 그것이 모가 나 있고 퉁명스럽기 때문이지, 모퉁이라는 명사 때문이 아니다. 그것은 "발생 가능한 사건의 형태로 존재한다." 다시 말해서 당신이 그곳을 지나치거나 돌아야만 그곳이 모퉁이가 된다. 그것은 개별적인 사건으로 존재한다. 형용사, 부사들의 존재론은 고정되고 형식화된 것들의 존재론과는 다르다. 후자를 명사들의 존재론이라 불러도 좋은 것은 후자가 모든 존재를 명명작용에 의해 포획하려고 들기 때문이다. 언어를 사물화한 다음에 실제 사물의 자리에 가져다놓기, 그래서 사물을 치워버리고 언어(명명하기)를 다른 언어(냉명된 것)와 일치시키기—이것이 명사 존재론의 전략이다. 형용사와 부사의 존재론은 존재자들을 지우고 그 자리에 존재라는 큰 추상을 설정하려고 하지 않는다. 그것은 차라리 개별적인 존재자들의, 바로 그 개별적인 상태와 운동에 주목한다. 그때 두드러지는 것은 바로 그 개별직인 것들의 생생 지변이다. 요롱이는 "고딕체의 마음으로, 소수점 이하로 무한질주하는 원주율의 아름다움으로" 요롱요롱하게 살아갈 것이다. 그 삶의 전변 자체가 강조되어야 하며(고딕체로), 그것의 무한한 변화 자체가 평가되어야 한다(무한질주하는 것이 아름답다).

2. 따라서 이 존재론은 무한의 존재론이기도 하다. 명사 존재론이 부동(不動)의 동자(動者)를 찾아나선다면 이브의 존재론은 무한한 움직임을 찾아나선다. 찾아다니는 운동 자체가 목적이다. 전자는 멈춰 있어야 하지만 후자는 끊임없이 변화해야 한다. 전자는 움직임을 제거해야 하지만 후자는 정지를 제거해야 한다. 이제니의 시가 마침표가 아니라 물음표를 추구하는 것은 이 때문이다.

청춘은 다 고아지. 미로의 길을 헤매는 열망처럼 나아갔다 되돌아오지. 입말 속을 구르는 불안처럼 무한증식하지. 나의 검은 펜은 오늘도 꿈속의 단어들을 받아적지.
떠오를 수 있을 데까지 떠올랐던 높이를 기록하지. 나의
두 발은 어디로 사라졌나. 짐작할 수 없는 침묵 속에 숨겨
두었나. 짐작할 수 없는 온도 속에 묻어두었나. (…) 다다
르지 못한 온도를 노래할 수 있는가. 다다르지 못한 온도
를 아낄 수 있는가. 우리의 대답은 언제나 질문으로 시작
해서 질문으로 끝나지. 청춘은 다 고아지.

—「발 없는 새」부분

　무한은 "청춘"의 특권이기도 하다. 살아 있는 것은 움직
이고 변화하기 때문이다. 그의 길이 "미로"라는 것은 목적
지를 잃었다는 뜻이 아니다. 청춘은 목적지를 한없이 유예
함으로써 길 위에 있음 자체를 목적으로 삼는다. 그것을 추
동하는 힘은 "열망" 혹은 "불안"이다. 그것들은 "무한증식"
하고, 무의식의 언어들 곧 에덴의 흔적을 보존하고 있는 언
어들("꿈속의 단어들")을 잡아내며, 늘 극한까지 이르기를
멈추지 않는다("떠오를 수 있을 데까지 떠올랐던 높이").
"짐작할 수 없는" 것들이란 측정할 수 없는 것들이다. 멈추
지 않기 때문이다. 그래서 질문은 대답으로 대답되는 게 아
니라 다른 질문으로 대답된다.
　길고 아름다운 시, 「편지광 유우」를 보자. 나는 유우를 어
느 저녁, 공원의 한 벤치에서 다시 만났다. 그는 여전히 포

스트잇에 뭔가를 적고 있었다. 그는 편지광, 늘 메모를 하고 편지를 썼다. 나는 그를 꿈에서도 만나곤 했다. 그의 문장은 꿈에서는 온문장이지만 당연히 깨고 나면 기억되지 않아서 ("나는 매번 문장을 적다 말고 꿈에서 깬다.") 생시에는 암호문이다("이 도시 곳곳에는 암호가 적혀 있다."). 그의 메모는 이를테면 "카프카적"이다. *"나는 나 자신과도 공통점을 갖지 못한다."* 당연한 말이다. 종이에 적힌 나는 적는 나와 같을 수가 없으며 비교하는 나는 비교되는 나와 같을 수가 없다. 다르게 말하자면 "나는 나에게조차 보이지 않는 사람이 되었다."(「밋딤」) 혹은 "내게서 가장 멀리 있는 것은 바로 나 자신이다."(「녹색 감정 식물」) 유우는 십년 전에 몇개의 단어를 잃었다. "하찮고 보잘것없는" 그래서 "무엇을 잃어버렸는지조차 알 수 없는" 그런 단어 몇개를. 그런데 그는 그런 단어들을 잃었기에 "끊임없이 질문을 던져볼 수밖에" 없게 되었다. 그 이유는 이렇다.

검은 펜을 찾았다는 생각이 들면 검은 펜을 잃어버린 것이다. 금요일의 얼굴을 찾았다는 생각이 들면 금요일의 얼굴을 잃어버린 것이다. 죽은 친구의 편지를 찾았다는 생각이 들면 죽은 친구의 편지를 잃어버린 것이다. 이를테면 일종의 맥거핀 수법인 셈이지.

—「편지광 유우」부분

'무엇'을 찾았다는 말은 그것을 잃어버린 적이 있다는 말이다. 이렇게 말하는 나는 이미 명사들의 명명놀이에 사로잡혔다. '무엇'("검은 펜" "금요일의 얼굴" "죽은 친구의 편지")은 저 자신을 발견의 대상으로 내주기 전에 먼저 망실의 대상으로 설정한다. '무엇'은 사라지고 나타나는 놀이―그 유명한 '포르트-다'(fort-da) 놀이를 떠올려보자―의 와중에 저 자신을 규정된 것으로 정립한다. 유우와 나는 그것을 맥거핀이라 불러 한쪽으로 치워놓는다. 몇 개의 단어나 문장이 빠졌으므로 유우의 편지는 완성되지 않을 것이다. 어쨌든 "유우는 이 도시 여기저기에 짧은 편지를 써두었다. 누구에게도 아닌, 자기 자신에게 보내는 편지. 자기 자신에게조차 이방인으로 느껴지는 사람에겐 어제 쓴 메모 또한 타인의 기록일 뿐이다." 그는 명명자로서의 정체성을 부여받지 않았다. 그는 주어와 목적어가 일치하는 자기회귀적인 편지의 수신인이 아니다. 그의 편지는 "아무런 개연성도 없는, 이렇다 할 논리도, 열쇠처럼 확실한 의미도 없는 네버엔딩 스토리"다. 이 무한은 그럴듯함의 외양도 논리의 정합성도 의미의 정박지도 필요로 하지 않는다. 시는 이렇게 끝난다.

마지막 메모 역시 물음표로 끝난다. 마침표는 유우의

세계에 속한 것이 아니다.

   저만치 편지광 유우의 모습이 사라져간다. 나는 또다시 어느 골목에서 유우를 잃어버렸다. 우리는 다시 우연처럼 만날 것이다. 그전까지는 서로가 서로를 찾는 일은 없을 것이다.
─「편지광 유우」 부분

   유우의 문장은 영원히 미완으로 남을 것이다. 몇개의 단어, 비유컨대 말과 사물의 일치를 발설했던 아담의 언어를 잃어버렸기 때문이다. 그는 완성되지 않음으로써(마침표를 찍지 않음으로써) 무한의 영역에 들 것이다. 대신에 그는 물음표들로 이루어진 긴 문장들을 남길 것이다. 질문으로 된 문장들은 끊임없이 대답을 유예하는 것으로 대답을 대신하는 문장들이다. 마침표로 된 답변이란 확정이요 고정이다. 질문하는 나와 답변하는 내가 만날 때 이른바 자기정체성이 생겨난다. 바로 그것이 말 건네는 나와 답변하는 나의 일치이자 생각으로 대상을, 다시 언어로 생각을 대신하는 코기토의 전략이다. 그러나 나와 유우의 관계는 다르다. 우리는 서로를 잃어버리고 그래서 "우연처럼 만날 것이다". 이것은 되찾기 위해서 잃어버리는 포르트-다 놀이의 전략이 아니다. 나는 그를 정말로 잃어버리고 그래서 우연

149

히 그를 만나게 될 것이다. 유우라는 이름은 정체성을 가진 이름이 아니다. "유우"는 어쩌면 '유우(遊偶)'일 것이어서 그의 떠돎과 질문과 우연성을 지시하는 말이다.

마침표를 없앤 문장으로는 말줄임표도 있다. "내 시대는 내가 이름 붙이겠다. 더듬거리는 중얼거림으로 더듬거리는 중얼거림으로."(「별 시대의 아움」) 저 중얼거림 역시 무한의 형식이다. 내 시대는 이 중얼거림으로 새롭게 호명될 것이다. "무한히 커지는 속삭임 한번, 무한히 작아지는 속삭임 한번."(「밋딤」) 속삭임 역시 말줄임표를 필요로 한다. 무한한 크레센도와 데크레센도를 품은 속삭임 말이다. 정체성이란 사실 닫아거는 것이다. 마침표는 흐름을 멈추게 하는 것이다. 대답은 다른 질문을 틀어막는 것이다. 이제니의 인물들은 우연으로 만남을 삼고 물음표와 말줄임표로 다음 말을 유도하며 질문으로 대답을 대신한다. 생생지변이 무한으로 바뀌는 지점이 여기다.

3. 그렇다면 우연의 존재론이란 무엇인가? 이를 살펴보기 위해서는 먼저 이 시집이 설정해둔 이상한(?) 시간 속으로 들어가야 한다.

블랭크 하치. 내 불면의 밤에 대해 이야기해준다면 너도 네 얼굴을 보여줄까. 나는 너에 대해 모든 것을 썼다 모든 것을. 그러나 여전히 아직도 이미 벌써. 너는 공백으로만 기록된다. 너에 대한 문장들이 내 손아귀를 벗어날 때 너는 또다시 한줌의 모래알을 흩날리며 떠나는 흰빛의 히치하이커. 소리와 형태가 사라지는 소실점 너머 네 시원을 찾아 끝없이 나아가는 블랭크 하치. 언제쯤 너에게 가닿을까. 언제쯤 목마름 없이 너에 대해 말할 수 있을까. 공백 여백 고백 방백.

—「블랭크 하치」 부분

"하치"의 이름 혹은 별명은 "블랭크"다. 그는 "공백"이자 "여백"이어서 내가 그에게 쓴 모든 것("고백"과 "방백")은 그 공백 속으로 사라졌다. 공백이니까 그럴 수밖에. "너는 공백으로만 기록된다." 그것을 지칭하는 시간은 "여전히 아직도 이미 벌써"다. 나는 너에 대해 모든 걸 기록했는데, 그것의 기록은 "여전히" 내게 남아 있고 "아직도" 완성되지 않았으며 "이미" 기록되었거나 "벌써" 삭제되었다. 요는 이 시간들이 만남과 헤어짐을 제시하는 선형적인 시간이 아니라는 것이다. 나는 그와 만나지 못했으나 만났고 그에 관해 모두 적었으나 그 노트는 공백이었다. 문장들은 모래알처럼 "내 손아귀를 벗어"났는데 너는 그 소실점 너머의 "시원"을 찾아 떠났다. 그와의 만남은 이미 이루어진 일이기도 하고 여전히 이루어지고 있는 일이기도 하지만 아직 일어나지 않은 일이기도 하다.

 이것이 우연의 존재론이다. 만남과 헤어짐이 내 마음대로 되지 않는다는 것. '만남'이란 과거에도 현재에도 미래에도 출현하는 사건이라는 것. 그리고 그 시간은 내가 말아 쥐고 감거나 푸는 줄이 아니라는 것. 이제니의 시간 속에서는 필연마저 우연의 일부다. 필연은 그런 우연의 자기전개를 이르는 말일 뿐이다. 우연한 그와의 만남, 그것은 운명이자 필연이다. 문제는 그가 "블랭크"라는 점이다. 거기에 내가 채워넣을 것이 있다는 뜻이 아니다. 그랬다면 그는 내기입을 기다리는 고분고분한 대기자에 불과했을 것이다. 그가 공백이라는 말의 진정한 뜻은 그가 내게는 그냥 불가지(不可知)라는 것이다. 그는 '오리무중'의 그 "오리"이기도 하다(「오리와 나」). 시는 이렇게 끝난다.

 너는 단 한번도 똑같은 표정을 지은 적이 없고 나는 너에 대해 말하는 일에 또다시 실패할 것이다. 내가 기록하는 건 이미 사라진 너의 온기. 체온이라는 말에는 어떤 슬픈 온도가 만져진다.

—「블랭크 하치」 부분

너는 내게 천변만화여서 내가 너를 규정하는 순간 너는 거기서 빠져나갈 것이다. 내 기록은 언제나 지나간 것으로

서의 기록이다. 우연이 보증하는 만남은 그러므로 내가 징악한 만남이 아니다. 만남은 예상하지 못한 곳에서 시작되고 예견하지 못했던 자리에서 끝난다. 나는 그를 알 수가 없다. 그는 진정한 의미에서의 타자다. 이제니의 이상한 시간이 출현시키는 것은 이런 이상한 타자다. 이를테면 "벌써" 사라지고 나서도 "여전히" 발언하는 내가 있고("네가 사라지자 나도 사라졌다", 「그믐으로 가는 검은 말」), "이미" 사망증명서에 이름을 올리고서도 "아직" 노래하는 누이가 있다("누이는 까막눈, 눈이 까맣고 노래를 잘한다. (⋯) 누이의 이름엔 붉은 줄이 두 줄 그어져 있다.", 「카리포니아」). 죽어서도 출현하는 자들, 사라지고 나서도 말하는 이들, 무덤에 묻힌 뒤에도 소리를 내는 자들은 유령이거나 좀비다. 데리다는 타자의 모습으로 유령을 들면서 이들을 '존재자 없는 존재'라 불렀다. 현실에서 제 몸을 갖지 못했으나 총칭으로 출현하는 자들, 어떤 유(類)로서는 명명되지만 실재로는 만날 수 없는 타자가 유령이다. 그렇다면 좀비를 '존재 없는 존재자'라 불러도 좋을 것이다. 개별적인 몸(죽어서 관에 누운 몸)은 있으나 그에 합당한 이름이 없는 자들, 인간의 몸을 갖고 있으나 인간이라는 유로는 명명될 수 없는 자들이 좀비이기 때문이다. 나는 과거의 너를 유령(혹은 좀비)으로 대면한다.

나는 과거의 사람처럼 말하는 버릇이 있고

(…)

너는 네가 믿는 유령의 모습으로 희미하게 읽히고
—「그림자 정원사」 부분

이제니의 인물들이 착란의 시간 속에서 출현하는 것은
이들이 존재와 존재자의 행복한 일치에서 어긋나 있기 때
문이다. 모두가 조금씩 명명 바깥으로 스며나와 있거나 잘
못 명명되어 있다.

　내 사랑 미리케. 나는 지금 작은 섬에 유배되어 있소.
뗏목을 타고 뗏목을 타고. 뗏목 같은 건 없소. 땔감이 부
족하오. 순사의 호각소리를 발굴한 건 당신을 잃어버린
뒤의 나의 열병. 순사는 귀가 밝소. 내 작은 흐느낌마저
듣는다오. 미리케 내 사랑. 내 사랑은 지금 섬 밖에서 배
를 기다리고 있다 하오. 전갈은 없소. 그는 당신이 아니
오. 당신이길 바라지만 당신은 아니오. 당신이 아니기에
나는 그를 미리케라고 불러본다오.
—「미리케의 노우트」 부분

나는 유배된 이 작은 섬에 뗏목을 타고 왔지만 사실 뗏목
은 없다. 뗏목은커녕 땔감도 없는 지경이니까. 내 사랑은 섬

154

밖에서 나를 기다리고 있다지만 그걸 내게 알려준 전갈은 처음부터 없었다. 내게 있는 건 나를 감시하는 순사뿐이고 그는 당신이 아니다. 그래서 나는 그를 미리케라 부른다. 최종적으로 이 모든 말을 적은 자는 나, 미리케다. 이 뒤얽힘을 어떻게 이해해야 할까. "미리케"라는 이름에 저 착란된 시간("미리")이 포함되어 있다는 데 주목하자. 나는 이 이름을 '미리 만나다(=투케)'로 읽고 싶다. 만나지 못했으면서도 미리케는 내 호명 속에서 나와 대면하고 있다. 당신을 만나지 못했으므로 나는 뗏목도 없이 섬에 유배되었다. 나는 고립무원이다. 내게 타인들은 미리케가 아니면 순사다. 나를 적대하는 타인은 나를 감시한다. 저 바깥 어딘가 당신이 있을 테지만 호각을 부는 순사는 물론 당신이 아니다. 하지만 내가 그를 미리케라 부르면 그는 미리케가 될 것이다. 나는 그를 미래의 시간 속에서(혹은 호명 속에서) 당겨서 만났기 때문이다. 그가 나에게 미리케가 된다면 나 역시 그에게 미리케가 될 것이다. 우리는 순사와 감시받는 자로 만나는 게 아니라 사랑하는 사이로 만날 것이다.

타인은 명명이 아니라 호명 속에서 나와 만난다. 명명이 정체성 부여의 일환이라면 호명은 관계맺기의 일환이다. 명명은 '너는 이러이러한 자다'라고 선언한다. 반면 호명은 '너는 내게 이러이러하구나'라고 고백한다. 명명이 이름 속에 타인을 가둔다면, 호명은 타인과 내가 관계를 맺게 해준다. 내가 그를 순사가 아니라 미리케라 불렀을 때 그와 나는 사랑의 관계로 엮일 것이다. 미리케는 유우이기도 하고 두이이기도 하다. "인생이란 결국 두 개의 의자 사이를 왔다갔다하는 일. (…) 닿을 수 없는 그 모든 것들을 두이라고 부르기로 했다."(「공원의 두이」) '두이'는 '둘'을 품은 이름이어서 두 개의 의자처럼, 서로를 도는 쌍둥이행성처럼 나와 결합되어 있다. 이것은 우연만이 가능케 할 수 있는 기적이다.

4. 내가 모르는 이들과 사랑의 관계 안에 들어간다는 점에서, 이런 관계를 다정의 존재론이라 불러도 좋겠다. 이 다정은 물론 거짓으로 꾸며낸 다정과 다르다. "너는 들썩인다 들썩인다. 어깨를 들썩인다.//헤어질 때 더 다정한 쪽이 덜 사랑한 사람이다."(「후두둑 나뭇잎 떨어지는 소리일 뿐」) 그럴 리가 없다. 다정은 그를 위로하는 손길에 깃든 게 아니라 들썩이는 너의 어깨에 깃든다. 이 시집의 곳곳에 숨은 '울음'은 이런 다정의 다른 표현이다. 이제니의 세계에서 이를 가능하게 해주는 방법이 은유다. 은유라고? 다른 것들을 동일하다고 간주하는 바로 그 작용 말인가? 동일시의 횡포를 이야기할 때 매번 지탄하는 바로 그 합침의 전략이 이제니의 시에서 두드러진다고? 그렇다. 그러나 그렇다고 말하기 전에 은유는 그런 것이 아니라고 먼저 말해야 한다. 일치와

156

동일시의 전략은 알레고리의 속성이지 은유의 속성이 아니다. 내 손끝이 가리키는 게 바로 그것이다,라고 알레고리는 말한다. 그것은 말과 사물의 일치를 전제로 한다. 벤야민이 아담의 언어를 알레고리라고 말한 것도 이 때문이다. 분열과 이질성의 전략은 물론 바벨탑의 언어에 내속적인 것이다. 바벨탑의 언어로 아담의 일치를 꿈꾸는 것, 다른 것을 같다고 우기는 것이 문제가 되는 것이다. 은유는 이브의 언어다. 다름을 알면서도 일치를 소망하기 때문이다. 알레고리의 언어가 사물을 강제로 범한다면 은유의 언어는 사물과 함께하기를 꿈꾼다.

사실은 이브 자체가 이질성이면서 같음에 대한 지향성이다. 아담이 혼자 있었을 때 그는 그냥 인간(man)이었을 뿐이다. 여자(woman)인 이브가 떨어져나온 다음에야 그는 남자(man)가 된다. 이제 남녀라는 인간은 다른 몸이면서 한몸이 되기를 꿈꾸게 되었다. 서두에서 말한 것처럼 그녀는 사랑의 이자관계를 삼자관계로 만들어서 사랑을 완성했고 역사를 개시했다. 그녀는 모든 분열의 시작이지만, 한편으로는 짝 개념을 통해 합침을 표상했다. 둘이 만나 하나가 되는 것, 이게 은유 아닌가? 서로 다른 자가 서로를 꿈꾼다는 것, 이게 사랑 아닌가? 은유가 다정의 방법론이 되는 것은 이 때문이다. 사실은 아담도 단 한번 이 은유를 발설한바 있다. 처음 이브를 보자마자 그는 감탄하며 이렇게 말했다. "이는 내 뼈 중의 뼈요 살 중의 살이로구나!" 이때가 처음이자 마지막으로 아담이 이브처럼 느끼고 말한 때다.

은유에는 두 가지 방법이 있다. 하나는 뜻으로 대상을 연결짓는 것이다.

빨강 초록 보라 분홍 파랑 검정 한 줄 띄우고 다홍 청록 주황 보라. 모두가 양을 가지고 있는 건 아니다. 양은 없을 때만 있다. 양은 어떻게 웁니까. 메에 메에. 울음소리는 언제나 어리둥절하다. 머리를 두 줄로 가지런히 땋을 때마다 고산지대의 좁고 긴 들판이 떠오른다. 고산증. 희박한 공기. (…) 고향이 생각날 때마다 페루가 떠오르지 않는다는 건 이상한 일이다. 아침마다 언니는 내 머리를 땋아주었지. 머리카락은 땋아도 땋아도 끝이 없었지.

—「페루」 부분

저 긴 색채들의 목록 가운데에는 양이 없다. 양은 흰색이니까. "없을 때만 있"는 것, 이것은 은유의 속성이기도 하다. 이것이 아니어야 은유가 될 수 있으니까. 그다음에 은유가 나온다. 머리를 가지런히 땋아내리자 "고산지대의 좁고 긴 들판", 이를테면 페루가 떠올랐다. 페루는 안데스 산맥에 위치한 좁고 긴 나라다. 그보다 긴 나라로 칠레가 있지만, 칠레의 도시는 해안가에 몰려 있어서 고산지대를 표상하기에는 적절하지 않다. 땋아내린 저 두 갈래 머리가 발원하는 고산지대를 상상해보라. 거기에는 누군가의 머리가 있다. 이 은유가 왜 다정의 존재론이 되는가? "고향"과 "언니"를 불러오기 때문이다. 페루를 부르면 고향이 생각나는데 고향을 생각할 때마다 페루가 떠오르지는 않는다. 당연히 페루는 고향이 아니지만(이질성) 고향 같은 곳이기는 해서(유사성) 전자는 가능하지만 후자는 불가능한 것이다. 나아가 페루에서 고향을 떠올릴 수 있는 것은 아침마다 머리를 땋아준 언니 때문이다. 이런 은유를 다정의 존재론이라 부를 수밖에는 없다.

독일 사탕을 먹는 독일 사탕 개미
꿈속에선 이열횡대로 사열하는 꼬마 병정들
입마다 사탕 하나씩 굴리고 녹고 굴리고 녹고
(…)
내 유일한 추억은 푹신한 이불 위에 앉아
너와 함께 식빵 부스러기를 나눠먹던 일
여전히 머리에 식빵 조각을 이고
태어나는 순간부터 떠나고 싶었어요
　　　　　　　　　　　　　　　　—「독일 사탕 개미」 부분

개미가 "독일 사탕 개미"가 된 내력이 재미있다. 사탕과 식빵에 개미가 새카맣게 몰려들었다. 개미들은 줄을 지어 음식을 자기 집으로 실어나른다. "이열횡대로 사열하는 꼬마 병정들", 귀여운 독일 병사들 같다. 그다음에는 사탕과 식빵이 환기하는 아득하고 행복한 한때가 기록된다. 나도 저 개미들처럼 "태어나는 순간부터 떠나고" 싶었다. "독일 사탕"을 먹어서 "독일 사탕 개미"가 된 것이 아니다. 저 이름 역시 명명이 아니라 호명이기 때문이다. "분홍 설탕 코끼리"가 "풍선 풍선 풍선"이 되는 변환에도 이런 호명이 내재해 있다. 이 은유의 연계물은 물론 솜사탕이다(「분홍 설탕 코끼리」). 잘게 갈아 만든 "옥수수 수프"에서 "알갱이"를 볼 수 있는 것도 노란 "알갱이"=얼굴이라는 은유 때문이다.(「옥수수 수프를 먹는 아침」)

은유의 두번째 방법은 소리로 대상을 연결짓는 것이다. 동음이의어와 유음이의어를 활용해서 대상들을 연계하는 이런 은유를 소리은유라고 하자.

당신은 감자 샐러드를 먹는다
완두콩만 골라내면서

완두는 싫다 싫어요
완두는 완두 완두하고 울기 때문에

당신은 완고하다 당신은 완고한 완두콩

　　　　　　　　　　　　　　　　　―「완고한 완두콩」 부분

　당신은 완두콩이 싫어서 그것만 골라내면서 샐러드를 먹
는다. 왜 싫은가? 내 질문에 당신은 대답한다. 완두는 "완두
완두 하고 울기 때문에" 싫다. 완두콩은 완고하다. 이 소리
은유는 당신이 대상에 부여한 것이지 대상에 내재한 것이
아니다. "완두는 완고하지 않아요/완고한 것은 여기가 아
닌 다른 곳에/완고 완고하게 우는 당신의 마음속에" 있다.
완두가 완고해서 당신을 거절한 게 아니라, 당신이 완강하
게 완두를 거절한 것이기 때문이다. 나는 화제를 돌린다.

　　우리 이제 완두 얘기는 그만하기로 하지
　　오늘밤 접시는 누가 닦을 건지나 정하자구
　　(…)
　　당신은 입을 다문다 완고한 완두콩이 된다

　　완두와 완두콩 여기가 아닌 다른 곳에
　　접시는 접시 접시하고 운다고 믿는 누군가가 있다

　　　　　　　　　　　　　　　　　―「완고한 완두콩」 부분

　완두콩은 먹지 않아도 좋으니 설거지 당번이나 정하자

는 내 말에 "당신은 입을 다문다 완고한 완두콩이 된다." 치우기 싫다는 볟장댐이다. 당신은 이제 접시가 싫다. 접시는 "접시 접시하고 운다"고 당신은 말한다. 이 귀엽고 재미있는 유머는 소리은유가 만들어낸 것이다. "피로"와 "파도", "한적"과 "한담"의 만남도 그렇고(「피로와 파도와」), "그믐"과 "검은" 말의 만남도 그렇고(「그믐으로 가는 검은 말」), "녹슨 씨"와 그가 들고 다니는 "녹슨" 기타의 만남도 그렇다.(「녹슨 씨의 녹슨 기타」)

이브의 존재론에 빗대어 이제니의 시가 품은 다정함에 관해서 말했다. 그녀의 시를 이브의 언어에 견준 것은 이 시인이 여자여서만은 아니다. 그녀의 시는 명명이 만들어내는 동일시의 완력에서 벗어나 개별자들의 생생한 현재를 살려내고 있다. 움직이지 않는 것은 죽은 것이다. 그녀의 시는 청춘의 그 무한한 열정과 우울을 간직하고 있다. 그녀는 무한한 타자들에게 개방되어 있다. (명명하는 게 아니라) 호명함으로써 이제니 시의 주체는 타자들과 사랑의 관계에 들어간다. 이를 다정시학(多情詩學)이라 불러도 좋을 것이다. 그녀의 시가 품은 은유들에는 타자들과의 대면에서 야기되는 설렘과 불안과 달콤과 울적과 다정과 다감이 묻어 있다.

마지막으로 부기해둘 것이 있다. 이제니 시의 매력 가운데 하나는 곳곳에서 만나는 발랄하고 아름다운 문상들에도 있다. 이 문장들 역시 다정의 소산이다. 문장들은 완성되지 않으며 그래서 부한하다. 문장들은 개별자들의 발화를 생생하게 잡아낸다. 예컨대 다음과 같은 문장들 사이에서 우리의 "사몽"(나는 이 이름이 '사유'와 '몽상'의 결합이라고 생각한다, 「사몽의 숲으로」)이 길을 잃을 때, 우리는 우연히 에덴을 만날 수도 있으리라.

"각운이 아니었더라면 난 더 슬펐을 거야."(「네이키드 하이패션 소년의 작별인사」)

"너는 사각형의 소녀처럼 울었고 그 뾰족한 모서리가 무심히 나를 찔렀다."(「코다의 노래」)

"손이 두 개인 것은 자신이 내민 손과 악수하기 위해서지."(「들판의 홀리」)

"오빠의 공책 위로 지우개 가루가 검은 눈물을 뚝뚝 흘리고 있었다."(「무화과나무 열매의 계절」)

"그림자여, 나는 지금 사이시옷처럼 잘 지내고 있다."(「초현실의 책받침」)

"왜 사람들은 부끄러우면 두 손으로 얼굴을 가릴까/마치 그것이 마음이라도 되는 것처럼"(「유리코」)

權赫雄 | 시인

당신들의 눈물이 나를 이곳으로 데려왔다.
어리석은 나를 조금은 덜 어리석은 사람으로 만들었다.

감사의 인사는 넘칠 때조차도 부족하지만
그럼에도 불구하고, 나의 사랑하는 부모님께,
쌍둥이 언니 에니에게, 동생 진아 진열 남웅에게.

슬프고 이상하고 아름다운 낱말들이
도처에서 차오른다.

백지는 백치의 언어로 어두워져가고
오늘은 내일보다 조금 더 검거나 조금 덜 붉을 것이다.
깨어 있는 백치라고 적었던 바로 그 종이 위에서.

나는 그 개의 이름을 모른다.
매듭이 이름인 것처럼 목에 걸려 있다.

나는 그것을 본다.

2010년 10월
이제니

창비시선 321

아마도 아프리카

초판 1쇄 발행 / 2010년 10월 15일
초판 31쇄 발행 / 2026년 3월 27일

지은이 / 이제니
펴낸이 / 염종선
책임편집 / 이상술
펴낸곳 / (주)창비
등록 / 1986년 8월 5일 제85호
주소 / 10881 경기도 파주시 회동길 184
전화 / 031-955-3333
팩시밀리 / 영업 031-955-3399 편집 031-955-3400
홈페이지 / www.changbi.com
전자우편 / lit@changbi.com